JL MENET

Les Jardins de l'Erèbe

La Septième Porte – 1
*

Le code de la propriété intellectuelle n'autorisant, au terme des paragraphes 2 et 3 de l'article L. 122-5, d'une part, que les « copies ou reproductions strictement réservées à usage privé du copiste et non destiné à une utilisation collective » et , d'autre part, sous réserve du nom de l'auteur et de la source, que « les analyses et les courtes citations justifiées par le caractère critique, polémique, pédagogique, scientifique ou d'information », toute représentation ou reproduction intégrale ou partielle, faite sans consentement de l'auteur ou de ses ayants droit ou ayants cause, est illicite (article L. 122-4). Cette représentation ou reproduction, par quelque procédé que ce soit, constituerait donc une contrefaçon sanctionnée par les articles L. 335-2 et suivant du code de la propriété intellectuelle.

© 2016- MENET JL

Edition : BoD – Books on Demand, 12/14 rond-point des Champs Élysées, 75 008 Paris
Impression : BoD – Books on Demand, Allemagne
ISBN : 978-2-3221-1431-3
Dépôt légal : Octobre 2016

PROLOGUE…

« Je crois que c'est bon ; elle a l'air stable… »

1- AMNÉSIE

Lise ouvrit les yeux. Elle était étendue sur le ventre, son visage reposant sur une surface froide et dure.

La jeune femme tenta de se relever péniblement en réprimant une grimace : son corps tout entier la faisait souffrir. La tête lui tournait affreusement, comme si le monde autour d'elle s'était subitement mit à tanguer à la manière d'un bateau en pleine tempête. Son cœur cognait étrangement dans sa poitrine, son estomac secoué de nausées ; elle resta un moment assise, attendant que son malaise s'estompe.

« Que s'est-il passé ? Comment suis-je arrivée là ? » songea-t-elle inquiète.

Lise ne se souvenait plus de rien... Comment s'était-elle retrouvée allongée ici ? Pourquoi ? Depuis combien de temps ? Elle n'en avait pas la moindre idée. Autour d'elle, un épais brouillard s'élevait tel un mur opaque, occultant de sa masse éthérée l'intégralité du décor ; seul un immense portail en fer forgé semblait se détacher de cette blancheur spectrale.

Après plusieurs tentatives infructueuses, la jeune femme réussit enfin à se mettre debout, mais dut cependant encore patienter quelques secondes avant que le sol, sous ses pieds, ne cesse son étrange ballet. Enfin elle s'avança, encore étourdie, et tendit une main tremblante vers les entrelacs de métal ; le battant n'émit aucune résistance et s'ouvrit sans bruit. Lise franchit la grille et s'aventura prudemment de quelques pas à travers le voile diaphane du brouillard.

Venait-elle d'entrer ou de sortir ? Impossible de le dire : ici, comme de l'autre côté, un écran vaporeux empêchait de discerner tout élément du paysage, masquant du même coup tout indice. La jeune femme hésita un instant. Il ne lui restait plus qu'à espérer avoir fait le bon choix en franchissant ce portail. Elle prit une profonde inspiration et s'enfonça à travers la brume.

Lise progressait à l'aveugle, sans aucun moyen de savoir où ses pas la menaient. Tout, autour d'elle, semblait recouvert d'un voile blanc annihilant formes et couleurs ; le brouillard l'enveloppait totalement. Cette absence complète de visibilité avait quelque chose d'oppressant. Jamais Lise n'avait éprouvé un tel sentiment de solitude et d'isolement.

Enfin, après de longues minutes d'errance hasardeuse, la jeune femme entrevit soudain une forme au loin. Elle n'en était pas sûre, mais il lui semblait distinguer une silhouette féminine, à peine visible à travers la brume.

- Ohé ! Il y a quelqu'un ?, lança-t-elle à l'inconnue.

Le son de sa propre voix lui parut curieusement étouffé par l'atmosphère ouatée ambiante. La silhouette, elle, demeura parfaitement immobile et muette. L'avait-elle entendue ?

Lise hésita un instant, puis, non sans une certaine méfiance, se rapprocha à pas mesurés.

- Je m'excuse... je suis perdue. Pourriez-vous m'aider ?, se hasarda-t-elle à nouveau, sûre, cette fois, de se trouver à portée de voix.

Silence. Intriguée, la jeune femme ne savait que faire d'autre pour attirer l'attention de cette inconnue. Elle franchit alors en quelques enjambées hésitantes l'espace les séparant et, d'une main légère, tapota gentiment l'épaule de son interlocutrice. Alors qu'elle s'attendait à toucher du tissu ou de la peau, sa main rencontra une surface froide et dure. Surprise, Lise s'écarta aussitôt, laissant échapper un cri étranglé. Ce n'était pas une personne, mais une statue !

La jeune femme s'approcha à nouveau de la silhouette et en effleura la surface parfaitement lisse. La sculpture était confondante de réalisme : pas étonnant que Lise l'est prise pour une personne bien vivante au milieu de cette purée de pois ! Pendant un instant, elle s'était vue tirée d'affaire, trouvant des réponses à ses questions. S'adossant à sa compagne d'albâtre, Lise prit une profonde respiration et ferma les yeux : ça l'aidait à réfléchir. Elle tenta de se concentrer, essayant de remonter le cours des évènements, mais aucun souvenir antérieur à son réveil ne daignait refaire surface.

Pourquoi n'arrivait-elle pas à se rappeler ? Comment s'était-elle retrouvée allongée, inconsciente, en pleine nature ? Etait-elle venue là de son plein gré ou sous la contrainte ? L'avait-on droguée ? S'était-elle promenée, puis cognée la tête ? Tant de scénarios étaient envisageables ...

Que n'aurait-elle donné pour se trouver, à cet instant, paisiblement installée dans son salon, une tasse de thé brûlant entre les mains et un duvet moelleux jeté sur ses jambes nues.

Lise ré-ouvrit les yeux. Le brouillard avait presque entièrement disparu, comme par magie, en quelques secondes. Lise se sentit parfaitement déconcertée par cette métamorphose à la fois inattendue, radicale et instantanée.

« Mais, combien de temps suis-je restée les yeux fermés ? », songea-t-elle.

La jeune femme se tenait au centre d'une large allée de gravier blanc, bordée de magnifiques jardins, au milieu desquels trônaient des statues. Les chérubins et les vénus étaient si méticuleusement et fidèlement réalisés, qu'ils semblaient prêts à prendre vie à tout moment. La jeune femme devinait presque la chaleur d'un corps vivant sous la couche d'albâtre, à peine souillée par les intempéries. Elle se sentait comme attirée par ces regards vides scrutant l'éternité et par ces visages figés à jamais dans une même expression. Les toges légères voilaient à peine les formes des vierges voluptueuses, dont quelques angelots se faisaient les fidèles gardiens.

Les premières minutes d'égarement oubliées, Lise put enfin faire la connaissance de son interlocutrice. Ses formes n'étaient que peu dissimulées sous les voilages figés, aussi cachait-elle, aux yeux des passants, sa poitrine charnue de ses bras nus entrelacés. Une fragilité touchante émanait de son visage angélique. Son regard semblait timide, presque fuyant, une pudeur qui n'était pas sans rappeler à Lise celle qu'elle même avait éprouvée la première fois qu'un homme l'avait vue entièrement nue.

Deux mésanges avaient élu domicile à son sommet. Aucune d'elles ne prêta attention à la jeune étrangère ; toutes deux l'ignorèrent superbement, trop occupées à leur toilette, chaque nouvelle plume lissée donnant lieu au plus exubérant des ballets.

Lise, laissa échapper un gloussement amusé. Surpris, les deux oiseaux s'envolèrent maladroitement de leur perchoir, laissant la jeune femme à sa bonne humeur retrouvée. Lise suivit un moment des yeux les deux volatiles dans leurs ébats aériens.

Le ciel s'était paré de ce fameux gris bleuté, annonciateur d'orage. Il ne tarderait pas à pleuvoir. Rien autour d'elle n'aurait pu la protéger d'une quelconque averse, même pas le chêne centenaire sur lequel les deux mésanges trouvèrent refuge. Le sourire de la jeune femme s'évanouit aussi vite qu'il était apparu : les orages étaient violents dans cette région, et les pluies torrentielles. Il allait falloir qu'elle trouve un abri, et vite, si elle ne voulait pas finir trempée jusqu'aux os. Elle n'avait d'autre choix que de suivre l'allée, en espérant trouver au bout une maison où l'on daignerait bien volontiers l'accueillir jusqu'à ce que la pluie cesse.

Lise découvrit un véritable Jardin d'Eden où aucune variété, aucune essence, ne semblait avoir été oubliée : une arche de Noé botanique, aux couleurs chatoyantes et aux camaïeux de verts les plus profonds où perçait, ça et là, une touche de blanc, le tout savamment orchestré pour former une parfaite harmonie.

Tandis qu'elle s'avançait au milieu des sculptures et des parterres fleuris, s'émerveillant devant tant de luxuriance, Lise ne pouvait tout de même s'empêcher de se questionner. Cet endroit ne lui évoquait aucun souvenir. Tout semblait si flou dans sa tête, un film décousu, une succession d'images sans rapport les unes avec les autres, ponctué d'un grand trou noir. Malgré tous ses efforts, cet endroit ne lui évoquait aucun souvenir.

C'est à cet instant qu'elle le vit, au détour d'un massif plus volumineux que les autres : un manoir, majestueux, dominant de toute sa hauteur le domaine.

Stupéfaite, Lise s'arrêta net, totalement subjuguée par cette étrange apparition. Elle se sentit, tout à coup, toute petite sous le regard sévère et inquisiteur de ce seigneur d'un autre temps.

Froid et austère, l'édifice n'avait pas l'air de toute première jeunesse ; bien au contraire. La jeune femme aurait presque pu parier que ces pierres trônaient ici depuis plus de cent ans. Cette splendeur en décrépitude contrastait singulièrement avec le jardin, méticuleusement entretenu, qui l'entourait ; cependant, malgré cette apparente déchéance, ce géant n'accusait nulle fissure dans son armure, nulle pierre descellée ou tuile envolée.

Avec le temps, mousses et lichens avaient pris possession des lieux et teintaient de vert et de blanc les rebords sculptés qui séparaient de leurs motifs aériens chaque étage du précédent. De longues traînées noires sur les façades trahissaient le chemin emprunté par la pluie lorsque les gouttières venaient à déborder.

Des moulures soulignaient le contour de fenêtres toutes en hauteur. Par beau temps, les pièces sur lesquelles donnaient ces élégantes ouvertures devaient être baignées de lumière !

Sur cette façade, trois balcons surplombaient le parc, offrant une vue dégagée des environs.

Le tout était coiffé de tuiles couleur ardoise, entrecoupé de toits terrasses et percé par endroit d'ouvertures devant éclairer greniers et chambres de bonnes.

Alors que Lise contemplait, abasourdie, l'extraordinaire architecture du manoir, son regard se posa sur un superbe escalier en granit menant jusqu'au perron. De part et d'autre, d'imposantes colonnes, autrefois d'un blanc immaculé, soutenaient d'une main ferme un balcon fleuri, ménageant pour les visiteurs un abri hors de portée du vent et de la pluie.

« Enfin », songea la jeune femme avec soulagement. Et comme si l'orage avait attendu cet instant précis, une violente averse s'abattit sur elle, sans crier gare. La jeune femme laissa échapper un juron, maudissant cette coïncidence par trop parfaite à son goût, et le regard toujours rivé sur l'étrange demeure, reprit sa route.

La jeune femme se retrouva très vite trempée. La chaleur déserta rapidement ses vêtements, puis sa peau. Lise se mit à grelotter.

Un manoir ! Quel accueil lui réserverait-on lorsqu'elle se présenterait à la porte, mouillée et sans explication sur les raisons de sa présence ici? Un accueil chaleureux ? Un bonjour du bout des lèvres ? Un regard méfiant ? Un vieil acariâtre lâcherait-il les chiens sur elle ? Qui pouvait bien vivre dans une telle demeure ? Lui reprocherait-on d'être entrée sans autorisation ? Même dans le but de demander de l'aide ?

Lise sentait un étrange mal-être monter en elle jusque dans sa gorge, l'empêchant presque de respirer. Elle mit alors de côté toutes ces questions pour lesquelles elle ne tarderait pas à trouver réponse et essaya à la place de s'occuper l'esprit en imaginant le décor alentour par une chaude journée de printemps : le jardin, les statues, le soleil effleurant les hauts murs de pierre. Mais le soleil ressemblait à un lointain souvenir au milieu de toute cette grisaille ; la distraction ne fut que de courte durée et bientôt interrogations et inquiétudes reprirent le dessus.

L'allée de gravier s'arrêtait au pied de l'escalier. Lise tremblait à présent de la tête aux pieds. Ses cheveux pendaient lamentablement de chaque côté de son visage, humides et emmêlés. Ses vêtements, trempés, collaient à elle telle une seconde peau, ne lui apportant aucun réconfort.

Lorsque Lise eut enfin atteint le perron, elle hésita un instant avant de saisir le heurtoir et de frapper. Les trois coups, lents et parfaitement audibles, résonnèrent longtemps entre les murs du manoir. Le cœur battant, la jeune femme resta un moment sans bouger, guettant le moindre bruit provenant de l'intérieur : si la demeure était inhabitée, la question serait réglée.

Alors qu'elle s'apprêtait à frapper de nouveau, la porte s'entrouvrit. Surprise, la jeune femme sursauta.

Lise patienta un moment, attendant qu'on l'invite à entrer.

Personne ne vint.

Plusieurs minutes s'écoulèrent avant que la jeune femme n'ose enfin s'approcher de l'ouverture laissée par le lourd battant de bois, risquant un coup d'œil furtif à l'intérieur de la demeure. Il n'y avait là pas âme qui vive, à en croire l'odeur de renfermé et la couche de poussière.

-La porte devait, tout simplement, être mal fermée, se désola-t-elle.

La pluie continuait de s'abattre rageusement autour de la jeune femme et, si le balcon la protégeait en grande partie de cette caresse glacée, il n'était cependant pas d'un grand secours contre les assauts du vent.

Lise hésitait. Elle jeta un énième regard vers le ciel. La voûte nuageuse semblait s'épaissir de minute en minute, étirant sa masse grisâtre et cotonneuse jusqu'à l'horizon. La jeune femme n'avait aucune idée de l'heure qu'il pouvait bien être, mais la luminosité ambiante paraissait déclinante. Si la maison était bien inoccupée, comme elle le pensait, quel mal y aurait-il à ce qu'elle entre s'abriter. Aucun si elle demeurait dans l'entrée. Mais dans le cas contraire ? Après un long débat intérieur avec sa conscience, Lise se décida enfin et pénétra dans la demeure.

2- PERDUE...

L'intérieur était plutôt sombre ; un vaste hall, délicieusement tiède... Aucune lumière ne venait éclairer la pièce et la timide clarté dispensée par les fenêtres créait plus d'ombre qu'elle n'en chassait. Il fallut à la jeune femme quelques minutes avant que ses yeux ne s'habituent à l'obscurité régnante.

La silhouette imposante d'un majestueux escalier occupait pratiquement tout l'espace. Celui-ci formait, à mi-hauteur, un palier intermédiaire, puis se scindait ensuite en deux volées plus modestes, à moitié dévorées par l'obscurité. Le bois était omniprésent, aux murs comme au plafond, entrecoupé, ça et là, de tapisserie aux couleurs ternies par les années. Pour rompre la monotonie du décor, des tableaux avaient été disposés sur chaque pan de mur à intervalles réguliers. Mais eux aussi semblaient avoir succombé à l'usure du temps.

Tout dans cette demeure mettait Lise mal à l'aise. Malgré la pluie battante, il régnait à l'intérieur de ces murs un silence lugubre. La jeune femme avait la sensation étrange d'une présence tapie dans l'ombre. Plus encore, s'était comme si la demeure elle-même l'observait.

Le tonnerre se mit à gronder violemment à l'extérieur. L'éclat intense de la foudre repoussa fugitivement les ténèbres au fond de leur tanière. Lise crut apercevoir une ombre traverser fugitivement la pièce ; ou était-ce seulement son imagination ? Non. La jeune femme était sûre d'avoir vu quelque chose, tout comme elle était à présent certaine que quiconque entrerait dans cette pièce pourrait entendre sans difficulté les battements effrénés de son cœur à dix pas à la ronde.

Tout à coup, son sang se figea dans ses veines. Quelqu'un se tenait derrière elle ; elle l'aurait juré. Elle ne l'avait ni vu, ni entendu s'approcher. Elle ressentait simplement sa présence, sa chaleur interposée entre elle et la porte ; entre elle et la sortie ! Elle était prise au piège.

Une main surgie tout à coup de nulle part. Lise eut tout juste le temps d'entrapercevoir cinq doigts à la peau blafarde se poser sur son épaule puis, se saisir fermement d'un coin de sa veste. Un vent de panique s'empara de la jeune femme qui tenta vainement de se défendre. Un second jeu de phalanges apparut alors, venant à la rescousse du premier. Lise se sentit soudain habilement dépouillée de son gilet imbibé d'eau. Emportant leur étrange butin, les mains s'éloignèrent aussitôt.

C'est alors qu'un homme apparu dans le champ de vision de la jeune femme, tout de noir et de blanc vêtu : un domestique. Rien dans l'attitude de ce personnage ne laissait paraître qu'il eut été conscient d'avoir causé une telle frayeur chez sa jeune invitée. Lise, quant à elle, sentit une immense vague de soulagement la submerger. Elle aurait pu crier sa joie et son bonheur si sa gorge ne s'était pas encore trouvée nouée.

L'homme s'occupa avec la plus grande méticulosité possible de sa veste : il déplia soigneusement le vêtement humide, le secoua une ou deux fois pour le débarrasser de l'eau accumulée, et le replia consciencieusement sur son bras. L'étranger se tourna ensuite vers Lise, et, sans un mot, la salua d'un signe de tête élégant. S'il n'était en tenue de majordome, elle l'aurait surement pris pour un noble, ...ou, tout du moins, pour le maître de maison tant elle lui trouva un port altier et des manières apprêtées ! Subjuguée, la jeune femme faillit en oublier les rudiments de la politesse ; elle s'inclina, imitant une révérence maladroite, tentant de rendre ainsi son salut au domestique.

Sans qu'aucune parole n'eut été échangée, l'homme se détourna et disparut derrière l'escalier. Le silence s'installa à nouveau.

Finalement la maison n'était pas inoccupée et Lise n'avait pas encore été mise à la porte. La jeune femme resta un long moment, seule, immergée dans un océan d'obscurité muette, attendant que le maître de maison fasse son apparition. N'ayant rien de mieux à faire pour parer à l'ennui, Lise s'approcha de l'un des nombreux tableaux accrochés aux murs.

La toile était en parfait état, bien que recouverte d'une mince couche de poussière. La jeune femme effleura la peinture du bout de l'index, laissant une trainée de couleur plus vive sur son sillage. Le tableau représentait une chasse à courre : des chiens poursuivant un renard au milieu d'une forêt ; sujet un peu dépassé au goût de la jeune femme.

« Le thème aussi aurait besoin d'un sérieux coup de plumeau... », se fit-elle la remarque. Lise n'avait rien contre les splendides portraits du XIXème siècle, mais le thème de la chasse la mettait mal à l'aise. Elle avait du mal à comprendre le plaisir que l'on pouvait éprouver à pourchasser une pauvre créature n'ayant pas les moyens de se défendre à armes égales ; elle trouvait ces pratiques déloyales.

En continuant sa visite, la jeune femme s'arrêta ainsi devant diverses scènes illustrant le quotidien d'hommes et de femmes d'un autre temps : fauchage des blés, maréchal ferrant à l'œuvre, brodeuses assises en cercle,... Privée de lumière, il lui fut difficile de s'attarder sur les détails, mais elle percevait tout de même l'histoire générale se dégageant de chaque peinture, ainsi que la « maestria » du peintre.

La série s'achevait sur un portrait grandeur nature ; curieusement, le seul de la galerie. Dès que son regard croisa celui de l'homme sur la toile, Lise se sentit comme hypnotisée. Elle se perdit un moment dans ces yeux aux reflets bruns, et rougit bêtement, comme si ce regard insistant avait été celui d'un homme de chair et de sang.

« Peut-être l'a-t-il été » se surprit-elle à penser.

Cependant, plus elle contemplait ce portrait, plus cette façade aimable perdait de sa crédibilité. C'était un bel homme, jeune, bien fait, ayant fière allure, au regard arrogant, au menton volontaire, au sourire carnassier...Il y avait quelque chose d'autre dans son regard qui venait gâter le reste du tableau : une lueur avide, une aura impitoyable, une sagesse aussi vieille que le monde émanaient de ces yeux sombres. Lise tressaillit en imaginant ce qu'un homme comme celui-ci aurait pu faire, quels noirs instincts se trouvaient dissimulés sous son visage d'ange. De quels sombres desseins, de quelles habiles manipulations avait-il pu être l'auteur ? Un frisson la parcourut de part en part. Elle abandonna son mystérieux bellâtre à ses pensées obscures et reprit docilement place au centre de la pièce.

Mis à part les tableaux aux murs et l'escalier princier, il n'y avait rien d'autre sur quoi s'attarder. La jeune femme reporta donc son attention sur la porte qu'avait empruntée le majordome, dans l'espoir fervent que celui-ci réapparaitrait rapidement pour l'arracher à l'ennui.

De longues minutes s'écoulèrent. La luminosité ambiante se fit de plus en plus hésitante. Lise ne tenait plus en place. A bout de patience, la jeune femme recommença à déambuler, de-ci de-là, à travers le hall, tentant ainsi de contenir sa nervosité.

Peut-être aurait-elle dû suivre le majordome ? Peut-être s'attendait-il à ce qu'elle le rejoigne auprès de son maître ? Etait-ce pour cela qu'elle ne voyait personne revenir ?

Lise contourna l'escalier et risqua un œil par delà l'imposante volée de marches. La porte était là, entrouverte sur cette même clarté crépusculaire dans laquelle la jeune femme baignait. Lise s'avança timidement vers le seuil.

- Où allez-vous comme ça ? L'interpela-t-on, au moment même où la jeune femme s'apprêtait à quitter la pièce.

La voix, claire et forte, provenait du hall.

La jeune femme s'arrêta net, coupée dans son élan. Son sang ne fit qu'un tour. Le rouge lui monta aussitôt aux joues. Lise sentit une colère sourde contre elle-même poindre au creux de son estomac.

Depuis quand une étrangère pouvait-elle se permettre de faire tranquillement le tour du propriétaire, avec pour seule permission celle qu'elle s'est elle-même accordée ? Qu'allait-on penser d'elle maintenant ?, ne put-elle s'empêcher de penser.

Tout en poursuivant sa longue litanie intérieure de reproches sur son attitude et son manque de patience, Lise chercha du regard le propriétaire de la voix. Peine perdue : de là où elle se tenait, l'escalier masquait une bonne partie de l'entrée. Elle se résigna donc à revenir sur ses pas.

Confuse, elle ne vit personne : la salle était vide.

- Il y a quelqu'un ? demanda-t-elle, gênée.

Seul le silence lui répondit. La jeune femme laissa passer quelques secondes, puis réitéra sa demande.

- Il y a...
- Ha non! J'ai demandé le premier. Où alliez-vous comme ça ?

Lise sursauta. Aussitôt elle leva la tête; un homme se tenait assis sur la balustrade du premier étage, à demi dissimulé dans l'ombre. Sa mise, bien qu'élégante, aurait tout à fait eu sa place dans un musée. Sa tenue, plus que démodée, ainsi que son apparente jeunesse, lui conféraient cependant un certain charme et un caractère atemporel. La jeune femme lui donnait environ trente ans, bien qu'à cause de l'obscurité ambiante il lui était difficile d'en jurer. Le ton de sa voix dénotait une curiosité non feinte, toute enfantine.

- Je ne sais pas exactement, répondit Lise, embarrassée.

L'avait-il vu passer la porte ? Lise en doutait, mais elle ne put s'empêcher de se sentir tout de même coupable.

- Voyez-vous, je suis...
- Perdue ?, la coupa-t-il, affichant un large sourire.

Ses yeux pétillaient d'un intérêt vorace, même à travers l'obscurité ; une avidité non dissimulée qui intrigua la jeune femme et dissipa quelque peu son malaise.

- Oui. Exactement. Je me suis retrouvée, je ne sais comment, devant votre portail. La porte s'est ouverte et ... je suis entrée. J'aurais besoin d'un téléphone ?

Le sourire du jeune aristocrate s'élargit.

- Ça aurait été avec joie, mais nous n'avons pas ça ici.

Lise avait du mal à le croire. De nos jours, y a-t-il encore un seul endroit, une seule maison, qui ne soient pas équipés d'un téléphone ?

- Pourriez-vous, au moins, me dire, dans ce cas, où est cet « ici » ? demanda-t-elle prudemment.

- Perdue !

Pour lui il s'agissait d'une évidence. Pour Lise, son ton catégorique et clairement jovial était plutôt synonyme de plaisanterie.

- Mais... Cet endroit doit bien avoir un nom ? Ou, tout du moins, y a t-il une route, ou une ville non loin qui en possède un ?, tenta-elle.

Le sourire de l'homme s'effaça doucement de ses lèvres. La lueur d'amusement présente dans son regard s'estompa peu à peu, remplacée par un masque grave et solennel. Lise frissonna. L'étranger se pencha légèrement au dessus du vide avant de répondre avec le plus grand sérieux :

- Vous êtes perdue ma chère, répondit-il comme s'il s'adressait à un enfant un peu lent à comprendre.

En le regardant se redresser de toute sa hauteur pour la toiser d'un air entendu, Lise songea qu'il allait être difficile de tirer quelque chose de ce drôle de personnage. Elle se souvint alors d'avoir entendu un jour sa mère expliquer qu'avec des gens obtus mieux valait-il utiliser la douceur et entrer dans leur jeu que de les brusquer.

- Justement c'est pour cela que je suis ici et que je vous demande votre aide, insista-t-elle gentiment.

- En effet, c'est pour cette raison que vous êtes ici, se contenta-t-il d'acquiescer d'un ton calme, comme s'il s'adressait à un enfant un peu lent à comprendre.

Lise commençait à trouver son hôte légèrement agaçant. Mais où était donc passé le majordome ?

L'homme descendit d'un bond étonnamment leste et gracieux de la rambarde où il se tenait assis. D'une démarche élégante, il se dirigea vers la volée de marches, puis s'accouda avec nonchalance au garde-corps.

- Ma chère, vous êtes perdue, répéta-t-il pour la énième fois. Vous noterez que j'ai bien dit « vous êtes perdue », et non « vous VOUS êtes perdue ». Il y a nuance. Voyez vous, c'est ici que toute chose égarée finie par arriver. Autrement dit, si vous êtes ici, c'est que vous avez perdu votre chemin ... ou peut-être autre chose de plus important ; peut-être vous-même qui sait. Cela demande réflexion.

A ces mots, l'aristocrate plongea sa main dans l'une de ses poches de pantalon, en sorti un vieux portefeuille qu'il regarda d'abord comme une chose curieuse puis qu'il agita en guise d'exemple, avant de le ranger dans la poche intérieure de son veston.

- Vous avez perdu quelque chose, comme certains perdent leur temps ou leurs affaires.

Lise se sentait au bord de l'implosion. « Ce type est vraiment dérangé ! », s'exaspéra-t-elle. « Mais où suis-je tombée, pour l'amour du ciel ?! » En un sens, cet homme avait raison : Lise commençait en effet à perdre quelque chose : sa patience. La condescendance avec laquelle il la traitait, sa manie de tourner autour du pot, devenaient de plus en plus irritantes. Bien qu'elle ne fut pas en position de force, il devenait difficile pour la jeune femme de rester calme et aimable.

- Monsieur. Tout ce que je veux, c'est rentrer chez moi ! S'il vous plait !, finit-elle par s'emporter.

L'étranger se redressa, les mains profondément enfouies dans ses poches. Une profonde lassitude semblait s'être soudain emparée de lui. Son sourire n'avait plus rien d'espiègle ou d'enfantin ; il exprimait simplement de la compassion. Lise crut apercevoir dans son regard une once de tristesse, un curieux élan de sympathie à son égard teinté de regret. Etrangement, elle sentit sa colère fondre comme neige au soleil.

L'homme poussa un soupir et déclara posément.

- Vous êtes ici chez vous. De toute façon, la nuit va bientôt tomber et il serait déraisonnable de votre part de sortir à une heure si tardive ; et à plus forte raison dans nos jardins ...

Lise dût admettre à contre cœur la sagesse de ses propos, même si elle n'était pas tout à fait rassurée de passer une nuit sous le même toit que cet étrange personnage. Peut-être, après tout, n'y avait-il pas que de la folie derrière cet insondable regard d'ébène.

- Très bien. Je vous remercie de l'invitation.

Un sourire entendu, et bizarrement reconnaissant, naquit sur les lèvres du jeune maître de maison.

- FRANCOIS ! FRANCOIS !, appela-t-il en dévalant les escaliers, son entrain soudainement retrouvé.

Parvenu au bas de l'imposante volée de marches, l'aristocrate fondit littéralement sur la jeune femme. Sans qu'elle n'ait eu le temps de réagir, ou d'ajouter quoi que ce soit, l'homme avait pris ses mains dans les siennes. Leur fraîcheur l'a surprise ; elle ne céda cependant pas à son envie première de les lui reprendre, ce qui sembla enchanter son hôte. Une lueur solennelle brillait à présent dans son regard. Vu de près, cet aristocrate était un homme plutôt séduisant. Les seules choses qu'on eut pu lui reprocher, étaient sa peau blafarde, probablement à cause du manque de soleil, ainsi que de légères cernes sous les yeux. Une mèche blanche tombait en travers de son front ; le reste de sa chevelure d'ébène cascadait librement, sombre et indiscipliné, sur ses épaules. Lise resta interdite devant la ressemblance de ce bel aristocrate avec le portrait.

« Le côté vicieux et vicié en moins » pensa-t-elle avec ironie.

- Mon dieu, veuillez excuser mes mauvaises manières, s'indigna-t-il. Je ne me suis pas présenté. Je suis Lord Henri. Et vous, vous êtes ?

- Lise, répondit-elle simplement.

Le sourire du Lord s'élargit davantage.

-Bienvenue au manoir, Lise. Je suis enchanté de faire votre connaissance. Vous êtes ravissante, s'empressa-t-il d'ajouter.

Confuse, la jeune femme se sentit rougir jusqu'aux oreilles et rendit au jeune aristocrate un sourire timide. Elle s'en voulut presque aussitôt de se laisser aussi facilement apprivoisée par de banals compliments, mais quelque chose qu'elle ne s'expliquait pas chez cet homme la poussait à baisser sa garde. La question étant « Quoi » ?

Quelqu'un toussota dans la pièce. Lord Henri libéra les mains de Lise et se précipita à la rencontre de son majordome. Encore une fois, la jeune femme ne l'avait ni vu, ni entendu entrer.

« Un vrai cauchemar pour les nerfs », songea-t-elle.

- Quelle heure est-il, avec tout cela mon cher François ? demanda Lord Henri.

- Dix sept heures trente quatre, Monsieur !

- Précis comme toujours, s'amusa l'aristocrate. Veuillez montrer sa chambre à mademoiselle.

Puis s'adressant à sa jeune invitée :

- Il vous reste une heure et cinquante six minutes précisément avant le dîner. Pourquoi n'en profiteriez-vous pas pour visiter un peu, une fois que vous vous serez installée.

Sur ce, Lord Henri saisit délicatement la main de la jeune femme et la porta à ses lèvres. Le souffle tiède de l'aristocrate sur sa peau tout juste réchauffée, fit naître chez elle un frisson. Elle sentit, de nouveau, le rouge lui monter aux joues. Cela devenait une habitude ! D'une révérence gracieuse, l'homme prit ensuite congé, laissant sa jeune invitée aux mains de son employé de maison.

La nuit était tombée derrière les grandes fenêtres dominant la pièce. Aucune étoile ne luisait à l'horizon. L'orage, qui s'était jusque là fait oublier, se rappela brutalement à leur bon souvenir. Lise sursauta, retenant un cri, lorsque la foudre s'abattit avec grand fracas sur un arbre du voisinage. Son cœur battait la chamade. François, quant à lui, ne semblait pas avoir bougé d'un cil, et attendait silencieusement près de l'escalier.

« Imperturbable » songea la jeune femme presque avec admiration.

Lise s'approcha d'un pas hésitant. L'homme, de haute taille, en livrée noire et blanche, esquissa une mince révérence, puis, sans attendre, tourna aussitôt les talons. Sa silhouette élancée disparue à travers le corridor, avalée par les ténèbres ; la jeune femme devait se hâter de le rattraper avant qu'il ne la sème.

Comme un plongeur avant de s'enfoncer dans les eaux sombres et inconnues d'une mer d'huile, elle prit une profonde inspiration et s'élança à son tour dans l'obscurité.

Ce manoir avait tout d'un véritable dédale. Lise aurait été bien incapable de refaire le chemin en sens inverse sans son guide. Elle perdit rapidement toute notion d'orientation au milieu de cette multitude de couloirs obscurs. La jeune femme suivit le majordome à travers différents niveaux, empruntant de multiples passages et escaliers, pour s'arrêter enfin devant une porte du second étage - du moins le croyait-elle. François sortit alors un trousseau de clefs de son veston. L'anneau devait bien retenir une trentaine de bouts de métal de tailles et de formes diverses. Sceptique, Lise vit le domestique en tirer une, et la glisser dans la serrure.

« Alors là, je demande à voir... »

Le mécanisme émit un déclic et la porte s'ouvrit. La jeune femme avait du mal à en croire ses yeux.

François entra le premier dans la chambre et s'employa aussitôt à allumer un feu dans l'âtre froid de la cheminée.

La pièce était assez spacieuse. Un grand lit recouvert d'épais édredons trônait en son centre. Contre l'un des murs, une armoire de haute taille ; contre l'autre, une coiffeuse surmontée d'un élégant miroir au cadre sculpté.

Lise s'avança jusqu'à la fenêtre donnant sur les jardins en contrebas et posa son front sur sa surface glacée. Les paroles du Lord l'intriguaient : « à plus forte raison dans nos jardins... »

- Qu'a-t-il de si spécial ce jardin pour que votre maître m'ait déconseillé d'y mettre les pieds pendant la nuit ? , demanda-t-elle à l'adresse du majordome.

Pas de réponse.

« Tentons une autre approche... »

- Je suppose qu'il plaisantait lorsqu'il disait que vous n'aviez pas le téléphone ?

Toujours rien. Cette fois-ci, Lise se retourna. Personne. Le majordome avait dû s'éclipser une fois sa tâche achevée.

« Cet homme a vraiment le don d'apparaître et de disparaître sans crier gare ; un peu comme... » L'idée la fit sourire. Un fantôme ? Mais quel âge avait-elle pour croire encore à ces inepties ?!

Le feu crépitait joyeusement dans la cheminée. Lise découvrit une vieille lampe à huile sur la coiffeuse, accompagnée d'un broc d'eau chaude et d'une serviette. Le sous-entendu n'avait rien de flatteur, mais, malgré une légère grimace, elle dût admettre qu'il était peut-être justifié.

« Je suppose que la salle de bain toute équipée doit, elle aussi, être en option », maugréa-t-elle.

La jeune femme abandonna finalement sa mauvaise humeur grandissante pour se concentrer sur son reflet ; celui-ci était par ailleurs déplorable. Ravissante ?! Tu parles ! Finalement un bon brin de toilette ne lui ferait pas de mal...

Lise se dévêtit entièrement, profitant de la chaleur du feu. L'eau, délicieusement chaude, vira sans tarder au trouble, puis au marron. Lorsqu'elle eut enfin achevé de se laver, la jeune femme jeta un regard dubitatif aux vêtements étalés sur le lit. Elle ne parvenait pas à comprendre d'où pouvait bien provenir toute cette boue. Et ces déchirures. Qu'avait-elle fait pour se mettre dans cet état ? Après avoir retrouvé chaleur et visage humain, ses loques encore humides ne l'inspiraient guère. Son regard se porta naturellement sur l'armoire. Elle doutait d'y trouver quoi que ce soit, faute d'occupant à plein temps dans cette chambre, mais tenta tout de même sa chance. Qu'elle ne fut pas sa surprise... Elle y trouva, non seulement des vêtements féminins, dont une grande partie à sa taille, mais aussi diverses tenues plus masculines. Les habits en question n'étaient pas de première jeunesse, mais en très bon état dans l'ensemble.

La jeune femme, souhaitant faire bonne impression, choisit une robe bleue claire, cintrée à la taille, agrémentée d'une ceinture de tissu noir à nouer dans le dos. Le tissu froid éveilla quelques frissons au contact de sa peau nue. Le décolleté lui parut raisonnable, bien que plus échancré que tout ce qu'elle portait d'ordinaire.

La jupe était fluide et lui arrivait légèrement au-dessus du genou. Elle se sentait à l'aise, ce qui était plutôt rare pour ce genre de vêtement.

Avec ce genre de tenue, impossible de remettre ses vieilles baskets. Lise ouvrit instinctivement la partie penderie de l'armoire : chez elle c'était là qu'elle rangeait ses chaussures. Un sourire éclaira son visage ; plusieurs modèles se trouvaient là, alignés en rangs bien serrés. Il y avait là l'embarras du choix, tant en taille qu'en forme. Après avoir fait un premier tri, Lise sélectionna une paire d'escarpins noirs plutôt habillés, puis, une fois aux pieds, effectua plusieurs allers-retours à travers la pièce.

Un seul détail clochait encore dans sa tenue : ses cheveux. En fouillant dans les tiroirs de la coiffeuse, la jeune femme mit la main sur une magnifique brosse au manche d'argent travaillé. En quelques passages, elle assagit sa chevelure indisciplinée, puis rangea soigneusement le précieux objet dans son tiroir d'origine.

Lise jeta un dernier regard à son reflet dans le miroir. Elle était enfin prête. Il ne lui restait plus qu'à patienter jusqu'au dîner.

3- UN TRÉSOR CACHÉ

Jusque là, l'idée de s'aventurer seule dans cette grande maison n'avait pas effleuré la jeune femme. En entrant ici, elle était prête à patienter sagement jusqu'au dîner, sans bouger de sa chambre ; mais, à présent, la chose lui semblait presque impossible. Trop de questions la hantaient, la mettant littéralement au supplice.

Lise s'assit un moment sur le lit, contemplant la lueur dansante du feu, mais même le murmure apaisant des flammes échoua à la distraire ; le regard de la jeune femme revenait sans cesse vers la vieille lampe à huile posée sur la commode, projetant des lueurs mouvantes sur le mur. Elle songeait à cet étrange Lord. Un personnage plutôt atypique, difficile à appréhender. Pourtant, Lise avait du mal à l'envisager comme quelqu'un de déséquilibré. Trop de choses ne collaient pas avec cette description, à commencer par son aplomb et son caractère en apparence calme et pausé. Peut-être, après tout, qu'une exploration sommaire des lieux lui en apprendrait davantage sur son propriétaire. Et puis, surtout, cela lui donnerait l'occasion de trouver un téléphone et d'échapper à ses démons.

Lise saisit avec précaution la vieille lampe, se glissa hors de la chambre. L'aura lumineuse dispensée par la chandelle ne s'étalait pas à plus d'un mètre devant elle et suffisait à peine à raviver les couleurs accrochées aux motifs anciens des tapisseries ornant les murs. Après quelques pas hésitants dans une obscurité quasi totale, la jeune femme vit enfin apparaître l'encadrement d'une porte. Elle posa une main légère sur la poignée dorée, et avec mille précautions, l'actionna délicatement. A mi-parcours, Lise sentit une légère résistance dans le mécanisme ; son cœur se mit à battre plus fort. Alors la résistance céda et la porte s'ouvrit avec un grincement discret.

La jeune femme tendit sa lampe à travers l'ouverture et resta sans voix devant le spectacle qui s'offrait à elle. Elle se trouvait sur le seuil d'une vaste pièce aux murs presque entièrement recouverts d'étagères sur lesquelles trônaient, majestueux, des centaines de livres. Seul deux étroits pans de mur faisaient exception : l'un, occupé par une fenêtre ; l'autre, abritant une imposante cheminée entourée de fauteuils au haut dossier damassé et au rembourrage généreux.

Habituée des bibliothèques, Lise n'avait jamais vu de maison abritant en son sein une telle profusion d'ouvrages. La jeune femme s'approcha de l'une de ces étagères. Bon nombre de ces volumes avaient subi les caprices du temps : reliure craquelée, tranche jaunie,... Certains paraissaient même si vieux et abîmés qu'il semblait impossible de les ouvrir sans qu'ils ne s'émiettent entre vos mains.

La jeune femme éclaira les noms incrustés à l'encre sur chaque reliure passant à portée de regard. Ici un livre traitant des *« Mystères de Pompéi »* ; là, une copie du *« Voyage au centre de la Terre »* de Jules Verne, sur laquelle le temps avait déjà prélevé un lourd tribu. Le titre de l'ouvrage avait, chose étonnante, été reporté de façon manuscrite sur la tranche du livre, et ce n'était pas le seul dans ce cas là : tous les ouvrages alignés sur cette rangée arboraient la même particularité.

Lise choisit le moins abîmé du lot et le tira révérencieusement de sa retraite pour en examiner les pages. Il s'agissait d'un livre d'Alexandre Dumas, les Trois Mousquetaires. Avant de s'aventurer à en feuilleter le contenu, la jeune femme, tenant à s'assurer de ne causer aucun dommage irrémédiable à l'ouvrage, commença par en étudier l'état général. La couverture, bien qu'abîmée, semblait ne pas avoir perdue de sa solidité. Lise le déposa en douceur sur un pupitre situé au coin de la fenêtre, et l'ouvrit avec précaution.

Sur les pages parcheminées, s'étalait sous ses yeux une écriture manuscrite, toute en courbe et en hauteur. Dans certaines marges, à peine lisibles, des notes indicatives venaient compléter les descriptions du récit ; tout cela, semblait-il, en vu d'une illustration à venir. En guise d'épilogue, une signature : celle de l'auteur.

« Des originaux ?! » songea soudain la jeune femme, incrédule. Impossible ! Leur place aurait dû être dans un musée !

Pour en avoir le cœur net, Lise prit un second livre sur la même étagère; puis un troisième. Là encore, aucun doute possible : la jeune femme n'était peut-être pas une experte, mais il semblait bien s'agir de manuscrits originaux. Chacun portait la signature de son auteur, ainsi que son écriture, tantôt légère et aérienne, tantôt si serrée qu'elle en devenait difficilement lisible. Elle n'en revenait pas. Un seul de ces livres devait valoir, à lui seul, une véritable fortune.

« Qu'est-ce que ça veut dire ? », s'interrogea la jeune femme, perplexe.

A demi-plongée dans ses pensées, Lise rangea avec soin chaque volume, prenant garde de ne laisser aucune trace de son passage, puis enfin, elle reprit sa lampe et sortit de la bibliothèque. Elle était venue chercher des réponses, des indices, mais à la place, de nouvelles questions se bousculaient dans sa tête. Qui était donc ce Lord Henri pour posséder de tels trésors ?

Quelque part une horloge sonna dix-neuf heures. Avec tout ça, Lise en avait oublié le dîner. Affolée, elle se hâta à travers le couloir sombre, essayant de retrouver de mémoire son chemin.

Après plusieurs bifurcations, elle se rendit à l'évidence : elle n'avait aucune idée de l'endroit où elle se trouvait. Consciente de ne pas être au bon étage, elle commença donc par chercher un escalier ; parvenue au bas, le jardin apparut alors derrière une fenêtre. Enfin, elle avait atteint le rez-de-chaussée !

La jeune femme ouvrit la première porte qu'elle rencontra. Celle-ci donnait sur un petit salon privé enseveli sous une épaisse couche de poussière. Elle referma la porte et essaya la suivante. Elle n'eut pas plus de chance : des WC. La troisième lui donna enfin satisfaction ; la voix claire et joviale de Lord Henri raisonnait à travers un minuscule couloir baigné d'obscurité. Lise tendit sa lampe et découvrit un second panneau de bois. Elle l'ouvrit timidement et poussa un soupir de soulagement lorsqu'un mince rai de lumière s'échappa de l'ouverture. Lord Henri, dont la voix lui parvenait à présent plus clairement, semblait en grande conversation avec son majordome. La jeune femme tira un peu plus sur la poignée, ménageant ainsi un espace assez grand pour lui permettre d'entrer discrètement.

La salle à manger n'avait rien à voir avec la grande salle de réception qu'elle s'était imaginée ; avec le reste de la maison non plus, d'ailleurs. Pour commencer, il n'y avait aucune boiserie, ni aux murs, ni au plafond bas en forme de voûte, mais de la pierre claire donnant à la pièce une atmosphère moyenâgeuse, chaleureuse et accueillante. La majeure partie de l'espace disponible était occupée par une longue table en bois massif entourée de chaises à haut dossier. Une immense cheminée en pierre blanche, dont le manteau avait été soigneusement travaillé, dispensait à la fois lumière et chaleur aux convives rassemblés là.

Deux tapisseries encadraient l'imposant âtre, arborant, ce que Lise supposa être, les armoiries familiales du propriétaire des lieux. Sur chaque pan de tissu bleu roi, avait été brodé au fil d'argent, un lion au regard sage, assis majestueusement, une patte posée sur un livre ouvert d'où prenait racine un immense pommier croulant sous le poids des fruits mûrs. Lise chercha un moment la signification de ces éléments pris ensembles, mais abandonna rapidement devant la multitude de possibilités qui enflammaient déjà son imagination.

Apercevant la jeune femme, François esquissa une mince révérence en guise de Bienvenue. Lord Henri fit aussitôt volte-face, affichant un sourire radieux ; l'homme avait troqué son vieil ensemble élimé contre une chemise de type romantique ample, à la fois confortable et élégante, surmontée d'un gilet de brocart aux motifs élaborés.

D'un geste nonchalant, l'aristocrate invita la jeune femme à venir s'assoir. Lise prit place à table, face à son hôte. François disparut puis réapparut presque aussitôt, une soupière fumante entre les mains. Une fois la démonstration de ses talents de maître d'hôtel faite, l'homme en noir s'éclipsa à nouveau, laissant le Lord et la jeune femme en tête-à-tête.

-Votre nouvelle garde-robe vous sied à merveille, s'extasia enfin l'aristocrate.

Lise sentit le rose lui monter aux joues, à la fois ravie et soudain honteuse de s'être servie sans en avoir demandé la permission.

- J'espère que vous ne m'en voudrez pas, je me suis permise de vous emprunter cette tenue le temps de laver mes vêtements, se justifia-t-elle.

- Vous avez bien fait. On dirait que cette robe a été taillée pour vous, la rassura-t-il, une lueur bienveillante dans le regard. Prenez tout ce dont vous aurez besoin. Vous êtes ici chez vous.

Lise gratifia son hôte d'un sourire maladroit et reconnaissant. Ne sachant que répondre face à de telles marques de gentillesse, elle entreprit de cacher son embarras derrière un intérêt soudain, mais non feint, pour le contenu de son assiette. La jeune femme plongea sa cuillère dans l'onctueux breuvage et la porta avec délice à ses lèvres. Le plaisir qu'elle éprouva dans cette première gorgée frôlait l'extase. Le Lord parut s'en rendre compte, et, amusé, laissa Lise tout à sa dégustation. Elle n'avait jamais goûté de soupe aussi savoureuse que celle-ci. Sans s'en rendre compte, elle dévora le contenu de son assiette et dut refréner, à regret, une irrésistible envie d'en laper le fond.

Comme s'il avait lu dans ses pensées, François lui resservit aussitôt une dose généreuse de potage. Lise crut apercevoir un sourire discret et compatissant se dessiner au coin des lèvres de l'austère majordome. Elle prit soin, cette fois-ci, de prendre son temps, goûtant et savourant chaque cuillère. Ce n'est qu'une fois leurs assiettes vides (et nettoyées) que Lord Henri reprit enfin la parole.

-Avez-vous eu le temps de visiter un peu notre manoir avant notre rendez-vous ? la questionna-t-il, sans pouvoir masquer plus longtemps sa curiosité.

La jeune femme hésita un moment ; devait-elle parler ou non de son incursion dans la chambre aux livres précieux ?

- En effet. J'ai trouvé votre bibliothèque très... intéressante, osa-t-elle finalement répondre.

Il lui avait fallu quelques secondes pour trouver l'adjectif approprié. Le Lord parut s'en réjouir.

- Intéressante dites-vous ?

L'aristocrate se pencha au dessus de la table, se rapprochant ainsi de Lise dans une attitude faussement conspiratrice. Sa voix, si mélodieuse, se mua en un murmure quasi envoûtant.

- Mais encore ?, voulut-il savoir, son éternel sourire accroché au coin de ses lèvres.

Lise était persuadée que cet homme savait parfaitement où elle voulait en venir. Plus que désireuse d'en savoir davantage sur cet étrange trésor, elle décida donc que le moment était venu de lui tirer les vers du nez.

-Vos livres feraient la joie de bon nombre de musées.

Malgré ce soudain élan de franchise, elle s'était exprimée à demi-mot, souhaitant ainsi ménager son hôte. Le Lord ne parut, nullement gêné par le sous-entendu.

- En effet. Ces livres sont magnifiques, ne trouvez-vous pas ?

- Si, mais...

Voyant que la conversation tournait en rond, la jeune femme, ne s'avouant pas vaincu, décida alors d'adopter une nouvelle tactique...

-... ce sont des originaux, lança-t elle de but en blanc.

Si avec ça elle ne parvenait pas à le désarçonner ...

- Et pas n'importe lesquels. Ce sont LES originaux, rectifia le Lord avec fierté.

Lise resta bouche bée. Elle ne s'était donc pas trompée ; et lui n'avait aucune honte à l'avouer...

- Mais ...comment les avez-vous eus? s'enquit-elle, oubliant soudain toute retenue.

Le Lord prit, cette fois, son temps pour répondre.

- Egarés au fil du temps, pour atterrir ici, conclut-il finalement, en mordant à pleines dents dans une des pommes que François avait déposées sur la table en guise de dessert.

Lise avait du mal à comprendre ce que son hôte voulait dire par là : comme si des ouvrages aussi importants que ceux-ci pouvaient se perdre ou s'égarer. Et dans le cas contraire...

-Pourquoi ne pas les remettre à un musée?

Cette question sonnait presque comme une accusation, Lise s'en rendait compte, mais si elle voulait comprendre la logique de cet homme, certains éclaircissements étaient indispensables.

Lord Henri laissa échapper un soupir, haussant les épaules pour exprimer son impuissance, avant de répondre d'une voix bercée de regrets.

- Si je le pouvais... Ces livres ne peuvent, hélas, sortir d'ici. Comprenez : ils n'existent plus pour personne. Tous pensent qu'ils ont été détruits. Cette demeure est leur dernier rempart contre l'oubli total et définitif. S'ils quittent ces murs...

Il marqua une pause, une expression de profond chagrin peinte sur ses traits harmonieux.

-...ils disparaitront purement et simplement, acheva-t-il, une lueur funeste dansant à travers ses prunelles sombres.

Voyant sa jeune invitée nager en pleine confusion, le Lord poursuivit son explication.

- Si ces livres venaient à quitter la protection de ces murs, le temps reprendrait son cours et réclamerait ce qui lui revient de droit. Rien ne dure en ce monde. Pour les hommes, la mort est un passage. Mais pour certaines choses, ... il n'y a pas d'après. C'est le cas pour ces livres.

La jeune femme avait le plus grand mal à suivre le raisonnement de son hôte. Certes, il y avait une certaine logique quand aux effets du temps sur le papier et sur l'encre; une page abîmée l'est irrémédiablement. Mais en quoi ces livres courraient-ils davantage de risques ailleurs qu'ici, dans ce manoir ? En quoi cet endroit valait-il mieux qu'un musée doté de compartiments spécialement conçus pour la conservation de tels ouvrages ? Et depuis quand se trouvaient-ils entre ces murs pour finir, comme le prétendait Lord Henri, oubliés de tous ? Lise eut soudain la sensation de se tenir à nouveau dans le brouillard, perdue au milieu d'explications toutes plus farfelues les unes que les autres, quand une proposition du Lord, aussi inattendue qu'incongrue, finit de la désarçonner.

-Vous me feriez extrêmement plaisir si vous acceptiez d'en emporter un, ce soir, dans votre chambre.

Lise ne savait que répondre. Maintenant qu'elle connaissait la valeur historique, et pécuniaire, de chaque volume, ainsi que leur caractère unique, la seule idée d'avoir tenu l'un de ces livres à pleines mains, sans aucune précaution, lui apparut comme un sacrilège, alors en lire un …

- Mais peut-être n'aimez vous pas la lecture, s'inquiéta soudain l'aristocrate devant son mutisme.

- Bien au contraire, s'empressa de répondre la jeune femme consciente d'avoir par trop laissé paraître son trouble. J'adore tout ce qui touche à la fantaisie: les récits d'aventures, les monstres de légende…

Le Lord, rassuré, fixa sa jeune invitée en souriant.

- Oui je sais, se hâta-t-elle d'ajouter, soudain mal à l'aise. Dès que j'évoque mes goûts littéraires, en général, les gens rient.

- Ils ne devraient pas, s'indigna avec sévérité le jeune Lord. On peut apprendre beaucoup de choses sur une personne rien qu'en la questionnant sur ses lectures. Voyez François, par exemple. Vous saurez qu'il raffole de romans policiers et de livres d'histoire, ce qui, sans le connaître, nous permettrait de le décrire comme un homme méticuleux, soucieux du détail, apprenant de ses erreurs et surtout, assez perspicace pour apprendre de celles des autres ; un homme régi par la logique, organisé et raisonnable.

Lise réfléchit un instant à la question du majordome.

-De prime abord, je dirais que cette description est assez fidèle, dût-elle avouer.

- Fidèle oui, mais incomplète, se radoucit l'aristocrate.

Le Lord s'interrompit le temps de proposer une tasse de café fumante à sa jeune invitée. Lise refusa poliment, n'ayant jamais supporté le goût de ce breuvage amer. L'homme se servit, quant à lui, une bonne dose de liquide ambrée.

- Depuis combien de temps François est-il à votre service ? demanda la jeune femme.

L'homme ne répondit pas tout de suite; Lise comprit qu'il réfléchissait à la question.

- Pour être honnête, je ne saurais le dire, finit-il par admettre. Le temps passe à la fois si vite et si lentement. Il faut dire que la vie ici n'est pas de tout repos. Nous sommes parfois confrontés à des situations insolites dans lesquels la notion de temps devient tout à fait secondaire, et par conséquent approximative. Cependant, si la date m'échappe, je me souviens parfaitement des circonstances entourant notre rencontre.

Lord Henri prit un air lointain et songeur, tout en portant la tasse de liquide fumant à ses lèvres.

- Cela s'est passé durant la dernière guerre. François servait alors un duc Français. Sachez que, dans sa famille, on était majordome de père en fils, et parvenir à servir un même maître jusqu'à la fin de sa vie - la sienne propre ou celle de son employeur - était un honneur. François n'échappait pas à la règle. Aussi lorsque son maître partit à la guerre, afin de diriger un bataillon d'infanterie, il fut également du voyage. Hélas, l'homme mourut au cours de la bataille.

Le Lord prit une nouvelle gorgée du breuvage brûlant. Lise, quant à elle, chercha, sans succès, de quelle guerre pouvait-il bien être question. François n'était après tout pas si âgé. Surement sa mémoire lui faisait-elle défaut : l'histoire n'avait jamais été son point fort...

- J'ai trouvé François devant ma porte, complètement désorienté. Le seul moyen que j'ai alors trouvé pour qu'il ne perde pas la tête, a été de le laisser faire ce pour quoi il était né : je l'ai pris à mon service, et comme le voulait la tradition dans sa famille, une fois que François est devenu mon majordome, il a décidé de le rester jusqu'à la fin.

-Comment peut-on être aussi loyal ?, s'étonna la jeune femme, incrédule.
- Pour un homme comme François, ayant reçu une certaine éducation, il s'agit d'une évidence. Pour ma part, malgré mon appartenance à un milieu aisé, où l'emploi de domestiques était chose courante, je n'ai jamais été friand de ce genre de pratique : j'ai toujours trouvé cent fois plus gratifiant d'effectuer certaines tâches soi-même, que de les confier à un autre.

Le regard du Lord sembla se perdre un instant dans le souvenir éteint de son ancienne vie. Surprise, la jeune femme entrevit un éclair de colère traverser fugitivement ses yeux sombres.

- Devant la dépendance de François et la fragilité qui était alors la sienne, je n'ai eu d'autre choix que de me prêter au jeu, poursuivit-il, comme si de rien n'était, laissant de côté les fantômes du passé. J'ai toujours mis un point d'honneur à respecter sa volonté ainsi que son avis. Il s'est, bien souvent, trouvé à mes côtés dans des instants difficiles. Je le considère comme mon égal, mon ami.

Sur ce, Lord Henri finit promptement sa tasse et s'adressant, justement, à son domestique:
- François ? Puis-je vous demander de m'apporter mon épuisette?
- Certainement monsieur, répondit le majordome tout en débarrassant la table.
- A présent ma chère Lise, nous allons aller vous choisir un livre.

La jeune femme suivit Lord Henri jusqu'à l'étage. François les rejoignit rapidement, un chandelier dans une main et une longue épuisette dans l'autre. Lise, qui, sur le coup, avait pensé à une plaisanterie, regardait à présent l'instrument avec curiosité.

Le domestique les précéda à l'intérieur de la bibliothèque, se hâtant d'apporter un peu de lumière dans la pièce obscure. Une fois le feu dans l'âtre ravivé, le majordome tendit à l'aristocrate l'épuisette puis s'éclipsa. Lord Henri posa l'objet contre l'un des fauteuils et reporta son attention vers les étagères chargées de livres.

- Bien ! Vous m'avez dit tout à l'heure, aimer les romans fantastiques et les romans d'aventure. C'est bien cela ?

- Oui, répondit timidement la jeune femme.

L'aristocrate se mit à arpenter la pièce, parcourant du regard les nombreux rayonnages ; l'homme semblait indécis. Soudain, il s'arrêta devant une rangée d'étagères et, d'un geste élégant, appliqua la paume de sa main en un point précis du mur, une moulure discrète à peine visible. Le mécanisme caché émit un léger déclic en s'enclenchant. Lise vit alors tout un pan de bibliothèque s'avancer lentement. Surprise, la jeune femme chercha du regard la clef de ce mystère et découvrit avec étonnement une ligne de rails dissimulée dans le parquet. Le Lord fit glisser l'ensemble ainsi dégagé sur le côté, dévoilant une rangée supplémentaire d'ouvrages : une bibliothèque derrière la bibliothèque. Il prit un volume, assez récent celui-ci, et le tendit à la jeune femme.

- Ceci devrait vous plaire.

Lise se saisit avec réticence de l'ouvrage et en contempla la couverture. Le titre ne lui disait rien mais l'œuvre semblait assez récente et en excellent état cette fois. Sous le regard insistant de son hôte, elle ouvrit avec précaution le manuscrit et lu quelques lignes prises au hasard. Le style de l'écriture était riche et fluide. L'histoire parlait d'un jeune homme et d'un dragon; tout à fait le genre de conte qu'elle aimait lire avant de sombrer dans les bras de Morphée.

Lise referma avec douceur le livre et, malgré son embarras, le serrant contre sa poitrine, remercia chaleureusement son hôte. Elle aurait juré voir une légère teinte rosée colorer fugitivement le visage du Lord ; mais avant qu'elle puisse en avoir le cœur net, l'homme s'était déjà détourné.

- Il me reste un petit travail à effectuer pour lequel je crains d'avoir besoin d'un peu d'aide, déclara-t-il essayant de masquer son embarras évident à sa jeune invitée. Cela n'a rien de bien compliqué. D'ordinaire François me prête assistance mais puisque vous êtes là...

L'aristocrate se retourna, et demanda presque timidement :

- Cela vous ennuierait-il de le remplacer ?

Lise haussa un sourcil, intriguée par le regard plein d'espoir accompagnant cette requête.

Elle réfléchit un instant. Le Lord n'avait pas précisé de quelle tâche il lui faudrait s'acquitter;

d'un autre côté, la jeune femme trouvait déplacé de le lui demander pour pouvoir donner réponse, particulièrement après l'élan de générosité dont cet homme avait fait preuve à son égard. Malgré ses réticences, Lise finit par accepter. Un sourire radieux vint, aussitôt, illuminer le doux visage du Lord.

L'aristocrate récupéra en hâte le chandelier et, son épuisette à la main, invita sa jeune assistante à le suivre.

4- UNE IDÉE LUMINEUSE

Le Lord et sa jeune invitée tournèrent à plusieurs reprises, empruntèrent un couloir sombre, avant de s'arrêter enfin devant une porte étroite, verrouillée par un cadenas. Cette mesure de sécurité éveilla la curiosité de la jeune femme, ainsi qu'une certaine méfiance.

Lord Henri déverrouilla la porte et, aussitôt, s'adossa au battant, faisant reposer tout son poids sur le panneau de bois. Lise commençait à regretter de n'avoir pas posé davantage de questions.

Le regard du Lord vibrait d'une excitation toute enfantine tandis qu'il s'adressait à sa jeune invitée.

- Je vais vous demander d'entrer le plus vite possible. Il ne faut pas que la porte reste ouverte trop longtemps ; nous risquerions d'en perdre.

Et, avant même que Lise n'ait le temps de poser de question, elle sentit une main ferme la propulser à travers le mince entrebâillement de porte ménagé à son attention. La jeune femme eut tout juste le temps d'éprouver un vague sentiment d'incompréhension et de panique en entrant dans la chambre, avant que ceux-ci ne cèdent la place à l'émerveillement. La pièce était envahie de petites sphères aux couleurs vives, virevoltant dans les airs en émettant une douce clarté. Lise resta là, un moment, bouche bée, à les observer dans leur numéro de voltige, absorbée par cet étrange ballet.

- Magnifique, n'est ce pas ? murmura une voix à son oreille.

- Mais qu'est ce que c'est ? demanda la jeune femme avec émotion, sans pouvoir détacher son regard de l'étrange spectacle se déroulant devant ses yeux.

- Ça, ma chère Lise, ce sont des idées !

Cette fois, elle se retourna.

- Vous vous moquez de moi ?!

L'homme laissa échapper un gloussement de plaisir devant l'incrédulité de la jeune femme. Affichant une expression parfaitement sereine, il s'aventura alors au milieu de la pièce. Lise retint son souffle, peu rassurée, lorsque les bulles s'approchèrent jusqu'à le frôler.

- Elles sont juste curieuses. Elles ne vous feront aucun mal, vous voyez ? voulut-il la rassurer.

Lise hésitait, peu certaine de vouloir s'approcher davantage. Percevant son malaise, le Lord traversa à nouveau le rideau de bulles incandescentes, et, saisissant avec délicatesse Lise par la main, l'attira sans préambule contre lui, au centre de la pièce. Lise se sentit à la fois gênée et rassérénée par ce contact, tandis que la nuée multicolore continuait à graviter autour d'eux, comme si de rien n'était. Au milieu de cet essaim de couleurs vives, elle osait à peine bouger. Les globes lumineux passaient si près de son visage qu'elle pouvait sentir sur sa joue chaque déplacement d'air qu'ils provoquaient. Certains filaient à toute allure ; d'autres, s'attardaient à quelques centimètres à peine de son corps. Elle n'avait qu'à tendre la main pour les effleurer...

- Vous voulez essayer d'en toucher une ?

Cette fois-ci, Lise regarda le Lord comme si celui-ci venait soudain de perdre la tête. L'homme ne put se retenir de rire devant l'expression outrée de la jeune femme.

-Je vous jure que c'est sans risque. Allez-y ! Essayez ! l'encouragea-t-il.

Lise avança lentement sa main vers l'essaim coloré. Aussitôt, une des lueurs vint s'y lover. Surprise, la jeune femme crut sentir comme un ronronnement de plaisir contre sa peau, une sensation plutôt agréable ; puis soudain, ce fut le raz de marrée. Lise fut submergée par une multitude d'images aux contours indistincts.

Le manoir disparut pour laisser place à une ruelle bordée de maisons presque toutes identiques. Désorientée, la jeune femme mit un moment à recouvrir ses esprits. Quand le sol redevint à nouveau stable sous ses pieds, il lui sembla être étonnamment proche. Et puis non ! Après tout, c'était normal : elle n'avait que sept ans ! Papa lui avait promis que si elle continuait à manger sa soupe, elle grandirait vite. Pas de quoi s'en faire ! Pour l'heure, tout ce qui comptait, c'était sa paire de rollers flambants neufs qu'il lui fallait étrenner sans tarder. Lise se mit à patiner, remontant à toute allure la rue goudronnée. Quel bonheur que de sentir le vent jouer dans ses cheveux et sur son visage. Restait cependant un problème, un détail qui lui donnait encore du fil à retordre: le freinage. Papa lui avait dit d'être prudente en attendant d'acheter des protections pour ses genoux et ses poignets, mais Lise avait eu une idée de génie. Pour mettre fin à cette course folle, la fillette commença par s'accroupir au raz du sol, puis, elle se laissa tout simplement tomber en avant. Là où ses genoux auraient dû présenter des écorchures, se trouvaient deux minuscules coussins, juste assez épais pour amortir les chocs, maintenus par du sparadrap ; quant aux mains, la fillette avait chaussé une paire de moufles de ski rembourrées, trouvées dans le placard de l'entrée. Et c'est avec fierté, et sans la moindre égratignure, que Lise se releva. Alors la vision s'estompa et la chambre aux lucioles réapparut. L'objet lumineux avait déserté la main de la jeune femme, ne laissant qu'une étrange sensation de fourmillement au creux de sa paume. Il lui fallut un moment pour retrouver ses marques, ainsi que son identité, puis quelques minutes supplémentaires pour comprendre ce qu'il venait de se passer.

- Qu'avez-vous vu ?, s'enquit aussitôt le Lord.

- J"étais une petite fille, s'extasia la jeune femme.

Lise sentit un sourire candide étirer ses lèvres. Qu'il était bon de retrouver ses sept ans. Tout lui était soudain apparu si simple, si évident. Tout problème avait une solution, et dans le cas contraire, Papa et Maman seraient toujours là pour arranger les choses...

-J'avais sept ans... je faisais du roller... Mes parents n'avaient pas eu les moyens de m'acheter des protections, alors, en attendant, je me servais de moufles et de coussinets attachés à mes genoux...

Lise laissa échapper un rire nostalgique. Elle n'avait pas souvenir d'avoir appris à faire du roller étant enfant. À présent, elle le regrettait presque. Sous le regard bienveillant du Lord, la jeune femme délaissa peu à peu les délices de l'enfance pour revenir à des questions plus adultes.

- Que s'est-il passé au juste? voulut-elle alors savoir.

-Vous venez d'explorer une idée.

Le Lord marqua une courte pause avant de poursuivre.

-Chaque jour, il en arrive des milliers ici, expliqua-t-il, désignant d'un vaste mouvement du bras la chambre autour d'eux. Je suis obligé de les attraper au fur et à mesure pour ne pas en être envahi. Par bonheur, elles atterrissent toutes dans cette pièce, ce qui m'évite de devoir élargir ma chasse à toute la maison.

- Je ne comprends pas! Une idée n'est pas sensée être quelque chose de tangible, ou même de visible ! s'emporta la jeune femme déconcertée.
-En êtes-vous sûre ?
Lise n'était plus sûre de rien, en effet. Malgré ses réticences, elle avait du mal à nier l'évidence : elle avait bien vu quelque chose. Et ce fourmillement, encore présent au creux de sa main... ces lueurs voltigeant autour d'elle... La jeune femme hésitait.
- Tout cela est nouveau pour vous, admit le Lord avec douceur.
- Si ces choses sont vraiment ce que vous prétendez, il s'agit, dans ce cas, de la part la plus intime d'une personne : ses pensées, ses rêves,... fit-elle observer avec prudence. Pour naître, une idée a besoin d'un contexte, d'un évènement, elle se rattache à un souvenir unique et propre, étroitement lié à elle. Cela ne vous met-il pas mal à l'aise de vous immiscer ainsi, d'un simple contact, dans le subconscient d'un inconnu ?
L'homme saisit avec délicatesse la main libre de sa jeune assistante.
- Avez-vous perçu le ronronnement de plaisir qu'elles émettent lorsqu'on les touche?
Lise acquiesça. Oui ! Elle l'avait senti ; elle s'était même étonnée de l'empressement avec lequel la créature était venue à sa rencontre.
- Certaines idées ne demandent qu'à être partagées. La règle est de ne jamais forcer le contact ; c'est à elles de choisir. Partant de là, qu'elle gêne devrait-on éprouver...

Il y avait tant de choses que Lise semblait ignorer, tant de choses pour lesquelles elle n'avait d'autres explications que celles données par ce personnage élégant et mystérieux qui la serrait d'une main douce et protectrice contre lui.

Le Lord posa sur la jeune femme un regard emplit de compréhension et d'indulgence. Lise rougit. L'aristocrate sembla s'en apercevoir. Arborant un sourire espiègle, il brisa leur étreinte, et alla chercher la fameuse épuisette qu'il tendit à sa jeune assistante. Il en prit une seconde, sortie d'on ne sait où, accompagnée d'une minuscule cage dorée qu'il déposa à même le sol, aux pieds de la jeune femme ; Lise crut y voir comme une fine poussière pailletée en tapisser le fond. L'aristocrate se plaça ensuite au centre de la pièce et, en deux habiles coups d'épuisette, parvint à attraper l'une des nombreuses petites lueurs virevoltantes.

-Pouvez-vous approcher la cage, s'il vous plait? demanda-t-il à la jeune femme.

Lise s'empara de l'objet métallique et le porta jusqu'à son hôte. Le Lord saisit délicatement la sphère lumineuse, toujours prisonnière de son filet, et la déposa précautionneusement dans la cage. À peine en eut-elle passé la porte qu'elle se transforma elle-même en poussière scintillante, sa douce lueur persistant encore un moment avant de s'éteindre presque totalement. Lise éprouva un élan de sympathie et d'inquiétude envers ces fragments de conscience en apparence si fragiles. Comme s'il lisait dans ses pensées, le Lord lui murmura :

-Ne craignez rien. Elles sont juste endormies. Les idées font partie de ces rares choses que même un millier d'hommes ne pourrait ébranler. Elles sont comme le phœnix et finissent toujours par renaitre de leurs cendres. Vous savez, beaucoup d'entre elles ne sont que de passage. Elles attendent ici, bien sagement, que quelqu'un les retrouvent. Ce jour là, elles germent et peuvent même se transmettre. C'est un peu comme un héritage, qui, si petit soit-il, peut en un instant se transformer en quelque chose de bien réel, de puissant, de porteur : une invention, une idéologie,...

Plus que les mots, ce furent le sourire bienveillant et le regard emplit de sagesse du Lord qui finirent de rassurer sa jeune invitée.

Lise passa le reste de la soirée à aider son hôte et, à sa grande surprise, prit un réel plaisir à courir après chaque orbe de lumière passant à portée d'épuisette. La jeune femme s'appliquait, tant que possible, à éviter tout contact avec les « idées », par respect pour leur propriétaire ; bien que parfois celui-ci fût inévitable. Tous deux rirent de bon cœur et la besogne se mua très vite en jeu.

La partie de chasse terminée, chacun annonça avec fierté le nombre d'idées attrapées. Lord Henri gagna haut la main, mais, en bon gentleman, promit à Lise une chance de prendre sa revanche. Leur tâche achevée, l'homme prit soin de ranger cage et épuisettes. Lise vit cette fois s'ouvrir la porte d'un compartiment secret, savamment dissimulé parmi les arabesques ornant la tapisserie du mur d'entrée.

Le Lord offrit ensuite à sa compagne de la raccompagner jusqu'à sa chambre, proposition qu'elle ne pouvait refuser, ne sachant tout simplement pas comment y retourner par elle-même. Lise se laissa guider à travers le dédale de couloirs jusqu'à sa porte, maintenant presque familière. Malgré des débuts difficiles, la soirée avait, somme toute, trouvée une fin agréable. Etrange, inexplicable... mais agréable.

- Eh bien, il ne me reste plus qu'à vous souhaiter une bonne nuit Lise.

- Bonne nuit à vous aussi, Lord Henri.

La jeune femme avait déjà franchi le seuil de sa chambre, lorsque le Lord l'interpella à nouveau.

-Oh ! J'allais oublier une chose essentielle. Si vous souhaitez vous aventurer plus avant dans ce manoir, soyez, tout de même, prudente. Ici, les choses ne sont pas toujours ce qu'elles semblent être. Si certaines portes sont fermées à clef, c'est, avant tout, pour vous protéger de ce qu'il y a à l'intérieur, et rarement l'inverse... ; sauf dans le cas de nos petites fugueuses, dont vous avez pu faire la connaissance ce soir, ajouta-t-il avec malice.

La jeune femme écoutait avec le plus grand intérêt, ne comprenant pas bien où son hôte voulait en venir : après l'avoir vivement encouragée à visiter les lieux, voilà qu'il l'a mettait soudain en garde.

Toute trace d'amusement déserta le regard du Lord ; le ton de sa voix devint plus froid, presque austère lorsqu'il ajouta :

-Méfiez-vous des portes. Certaines vous mèneront bien plus loin que vous ne pouvez l'imaginer. Soyez prudente lorsque vous en franchissez une. Bien des choses hantent ces lieux. Songez également que toutes les choses qui ont été perdues ne l'ont pas forcément été inconsciemment.

Le regard du jeune Lord se fit lointain, fixant un point par delà les murs du manoir.

-Cette demeure garde bien des secrets. Certains sans importance, certains qui manquent cruellement à l'humanité, et d'autres qu'il ne faut surtout pas réveiller.

L'espace d'un instant, ce ne fut plus Lord Henri à qui Lise faisait face, mais à l'homme dont le portrait siégeait dans l'entrée, ce visage magnifique et terrible à la fois. Cependant ces yeux ci n'avaient rien d'hautain. Elle y lut de la peur, le genre de peur qui confine à la folie ; une peur démesurée qui mit un frein à sa curiosité. Sentant cela, Le Lord détourna les yeux, visiblement gêné de ce que sa jeune invitée avait pu y lire. Lorsque Lord Henri regarda à nouveau Lise, son visage était redevenu agréable et avenant.

5- TEMPÊTE AU CŒUR DE LA NUIT

Le feu dans la cheminée s'était depuis longtemps éteint, ne laissant que quelques braises mourantes éclairant à peine la pièce baignée d'obscurité. La pluie, qui avait cessée peu avant minuit, avait repris de plus belle quelques heures plus tard, harcelant impitoyablement les fenêtres de la chambre.

Lise avait très vite succombé aux assauts de la fatigue, sombrant avec délice dans les méandres d'un sommeil sans rêve. Il était très rare pour la jeune femme de s'endormir aussi rapidement ; en temps ordinaire, elle tournait et virait pendant de longues minutes avant de sentir ses paupières s'alourdir enfin. Toutes ces émotions l'avaient mise à rude épreuve, tant sur le plan physique que moral. Il avait suffit d'un bon feu et d'un oreiller bien douillet pour avoir raison de ses dernières forces : une trêve bienvenue dans le tumulte de ces dernières heures.

Un bruit sourd réveilla Lise en sursaut. Le cœur battant, la jeune femme repoussa ses couvertures et resta un moment sans bouger, scrutant l'obscurité à l'affût du moindre mouvement dans la pièce.

Personne. Tout était à sa place.

Le rugissement retentit à nouveau, venu de nulle part et de partout à la fois.

La jeune femme alluma en hâte la petite lampe à huile posée sur sa table de nuit ; l'objet ne la quittait plus d'une semelle. Tout juste vêtue d'une chemise de nuit lui tombant jusqu'aux chevilles, elle quitta la chaleur de ses draps et ouvrit prudemment la porte de sa chambre. Au même moment, un formidable coup de tonnerre retentit juste au dessus de sa tête, si puissant qu'elle se couvrit instinctivement les oreilles.

Lise leva les yeux vers le plafond : le bruit venait des étages supérieurs.

« Que se passe-t-il là haut ? », s'inquiéta la jeune femme.

Sans réfléchir, elle prit en hâte une robe de chambre laissée là par François à son intention, et empoigna fermement sa petite lampe à huile. D'un pas déterminé, Lise se mit à la recherche d'un escalier donnant sur les étages supérieurs. Elle franchit quatre à quatre les marches menant au premier niveau du manoir, puis erra un moment avant de trouver le chemin menant au second.

Alors qu'elle entamait l'ascension d'un troisième escalier, une violente rafale de vent s'engouffra sans crier gare dans l'étroite volée. Surprise, Lise eut à peine le temps de se retenir au garde-corps. La flamme de sa lampe fut instantanément soufflée, plongeant la jeune femme dans une obscurité presque totale.

Lise resta un moment sans bouger, résistant tant bien que mal aux assauts du vent. Enfin, elle réussit, au prix de gros efforts, à gravir à tâtons les dernières marches la séparant du palier supérieur. La rambarde disparue soudain sous sa paume laissant place au vide. Tout, autour d'elle, n'était que vacarme et souffle de tempête et Lise dut lutter pour conserver son équilibre, courbant l'échine face aux puissantes rafales. Puis, soudain, plus rien ! Plus un bruit, plus de vent, plus aucune résistance, si brusquement que Lise eut à peine le temps d'une enjambée pour reprendre pied.

Ses yeux mirent plusieurs secondes pour s'adapter à la pénombre ambiante. L'escalier donnait sur un large couloir. La jeune femme parvint à distinguer les contours indistincts de plusieurs portes, l'une d'elles laissant filtrer un mince rai de lumière blafarde sur le sol gris du corridor. Se pouvait-il que toute cette pagaille provienne de cette pièce ?

Comme pour répondre à sa question, le lourd battant de bois se mit soudain à trembler sur ses gonds.

Lise songea à la mise en garde du Lord. Devait-elle ouvrir cette porte ? Ou au contraire, retourner à sa chambre et l'oublier, la considérer comme l'un des grands mystères trop périlleux pour se voir élucidé, dont son hôte avait fait mention ?

Sans vraiment s'en rendre compte, Lise s'était lentement approchée de la fameuse porte. Elle se tenait à présent à portée de main. Son cœur tambourinait furieusement dans sa poitrine. C'était un peu comme se tenir au bord d'un précipice, contempler l'abîme tout en essayant de lutter contre le vertige. Tombera ? Tombera pas ? Lise tenait maintenant dans sa main la poignée dorée. Un frisson parcourut le panneau de bois. Oui, tout provenait de cette pièce, elle en avait désormais la certitude. Mais qu'y avait-il à l'intérieur ?

Sans plus attendre, la jeune femme imprima à la clenche un quart de tour sur la droite. Le battant s'ouvrit immédiatement, libérant une formidable bourrasque dont la violence fut telle que Lise en eut le souffle littéralement coupé.

Les gémissements du vent couvraient tout autre son. Une lumière crue inondait à présent le couloir, aveuglant la jeune femme. Impossible de dire ce qui se passait réellement par delà le seuil de la pièce : dès que Lise tentait d'ouvrir les yeux, un rideau de larmes l'empêchait de distinguer formes et détails. Ce n'est qu'au moment où la jeune femme détourna le regard du flot de lumière qu'elle la vit : une silhouette humaine étalée face contre terre à ses pieds. Une bouffée d'angoisse la saisit à la gorge. Elle lâcha le chambranle de la porte auquel elle s'était jusque là désespérément raccrochée, pour s'agenouiller au chevet de l'infortuné étendu devant elle.

- Oh ! Lord Henri ! Mon Dieu, Lord Henri, vous n'avez rien ? Tout va bien ?! , balbutia-t-elle au paroxysme de la confusion.

Encore une fois, voilà qu'elle venait de mettre les deux pieds dans le plat. Non seulement le Lord était-il peut-être blessé, mais ce serait en plus à cause de son incontrôlable manie à jouer les curieuses.

-Lise ! Qu'elle heureuse surprise ! s'exclama-t-il, tournant vers la jeune femme un visage souriant.

L'homme se releva avec dignité et, d'une main experte, arrangea de manière plus convenable son ciré jaune poussin. Bien que son style vestimentaire relevât du comique, Lise, elle, ne se sentait aucunement d'humeur à rire.

- N'ayez crainte, insista-t-il devant sa mine déconfite. Je vous assure, ça m'arrive tout le temps.

La jeune femme ne se sentit pas mieux pour autant, épiant d'un œil inquiet le moindre signe de douleur ou de reproche chez son hôte.

- Me rendriez-vous un service ? demanda-t-il à la place, haussant la voix pour se faire entendre au travers du vacarme ambiant.

- Pourriez-vous tenir cette porte ouverte, ou, tout du moins, rester à proximité, au cas où elle viendrait à se fermer ? Elle ne s'ouvre que de l'extérieur et François ne va pas tarder à revenir.

Chargé comme il l'est toujours, je devrais sûrement aller lui prêter main forte.

Lise ne comprit pas immédiatement ; ce n'est que lorsque son regard, à présent parfaitement accommodé au vent et à la lumière, se posa sur l'intérieur de la chambre, que l'impossible prit vie sous ses yeux ; une vision qui la laissa sans voix : une plage de sable blanc se déroulait face à elle, bordée d'un côté de palmiers agités par les vents, et ourlée d'une mer déchaînée de l'autre, le tout sur fond de tempête. Au milieu de ce décor tourmenté, un homme se débattait au loin.

La jeune femme chercha aussitôt une explication dans le regard du Lord.

Impossible. Tout cela était impossible. Et pourtant, lorsqu'elle regarda de nouveau par-dessus l'épaule du jeune homme, le même décor réapparut devant ses yeux.

Les mots se bousculaient tant et si bien derrière ses lèvres, que celle-ci demeurèrent désespérément closes.

- J'en conviens, on ne voit pas cela tous les jours ! déclara le Lord d'un ton jovial où perçait une certaine fierté.

Voyant que la jeune femme ne partageait pas son engouement et sa légèreté, mais, au contraire, se tenait en silence, le regard toujours rivé sur le seuil de la chambre, l'homme recouvra une attitude plus sérieuse et solennelle.

-Je vous promets de répondre à toutes vos questions plus tard, si vous le désirez. Mais, pour l'heure, je vous en prie, acceptez ma requête. Le temps presse et j'ai besoin de vous!

Lise entendit à peine la supplique de son interlocuteur. Son esprit rationnel cherchait, tant bien que mal, une explication logique à ce qu'elle voyait : une île, au beau milieu d'un manoir, derrière une simple porte, comme s'il s'était agi d'une chambre ordinaire...

Le Lord dût se contenter de son mutisme pour seule réponse et courut aussitôt rejoindre son majordome, aux prises avec un énorme sac, à moitié descendu d'un canot sur la plage. Le visage du domestique, crispé sous l'effort, ruisselait des embruns portés par les rafales incessantes. Lord Henri parvint à sa hauteur au moment où les vagues vinrent lécher la coque de la petite embarcation, la faisant du même coup reculer vers le large. Le Lord agrippa le bord du canot et, aidé d'un François au comble de l'épuisement, traîna le petit esquif vers le rivage. Une fois mis en sûreté sous les arbres, les deux hommes purent enfin s'occuper de leur chargement. Le sac semblait aussi lourd que volumineux. Leur fardeau extrait du canot, ils entamèrent le trajet de retour, traînant l'énorme besace sur le sable meuble.

Le vent gagnait rapidement en force et la touffeur environnante rendait l'air presque irrespirable. Le sable soulevé par les rafales incessantes cinglait violement les visages. Alors que les deux hommes peinaient sous le poids de leur lourd bagage, un immense nuage, couvrant l'horizon à perte de vue, se dessina peu à peu au dessus des flots déchaînés. Le vent forcit encore, arrachant à la végétation ses rejets les moins solides. Le grondement du tonnerre se mélangea à celui des vagues. De violents éclairs illuminèrent bientôt les nues obscures, révélant toute l'horreur de la situation. Le nuage se rapprochait rapidement mais aucun des deux hommes ne semblait être conscient de la menace qui pesait à présent sur eux, telle une épée de Damoclès. Lise devait les avertir. Elle devait trouver un moyen d'attirer leur attention sur le mur sombre s'élevant de plus en plus haut à l'horizon.

Ce fut comme un déclic. La jeune femme mit de côté l'étrangeté de la situation, ainsi que toutes les questions auxquelles elle n'avait pas encore trouvé de réponses, et se mit à hurler à pleins poumons en agitant les bras au dessus de sa tête.

- Regardez-moi ! Par ici ! Regardez-moi !

« Mon Dieu faites que l'un d'eux regarde par ici ! »

Rien à faire. Elle pouvait crier autant qu'elle le voulait, le vent couvrait irrémédiablement le son de sa voix.

Lise devait agir.

Le Lord avait été assez explicite sur la nécessité de garder la porte ouverte. La jeune femme récupéra une branche tombée à quelques pas d'elle et s'en servit comme cale improvisée. Après s'être assurée à plusieurs reprises de sa fiabilité, elle s'élança à la rencontre des deux hommes.

La tempête était encore montée d'un cran. Les arbres vacillaient sur leurs racines, des tourbillons de sable s'élevaient dans les airs. Quant aux nuages... : deux énormes entonnoirs étaient descendus des cieux pour se poser sur les flots, soulevant des vagues gigantesques.

Le Lord et son acolyte n'avaient, hélas, pas beaucoup progressé. La jeune femme les rejoignit rapidement. Aussitôt, elle saisit un bout de la toile et tira de toutes ses forces. Comme si la tâche n'était pas encore assez ardue, la pluie choisit cet instant précis pour commencer à tomber : d'abord en fines gouttes, puis en rideau quasiment opaque, rendant le sable lourd et collant.

Après maints efforts, le tissu finit par glisser plus régulièrement sur la surface humide, lentement et bientôt de façon plus cadencée.

Lise essayait de garder un contact visuel permanent avec la porte, au cas où sa cale viendrait à bouger.

Alors qu'ils avaient enfin trouvé leur rythme, une bourrasque, plus violente que tout ce qu'ils avaient enduré jusqu'ici, les frappa sans crier gare. François lâcha sa prise sur l'énorme sac de toile. Arrêtés net dans leur élan, Lord Henri et la jeune femme s'étalèrent de tout leur long dans le sable humide.

Lorsqu'elle releva la tête, Lise, paniquée, chercha du regard la porte. C'est alors qu'elle vit avec effroi, à travers le masque de cheveux trempés qui lui collait au visage, le lourd panneau de bois se refermer lentement. La cale n'avait pas tenu.

La jeune femme bondit et se précipita vers la porte. Elle courut aussi vite qu'elle pût, ses pieds touchant à peine le sable humide. Elle n'était plus qu'à quelques mètres. Elle savait qu'elle arriverait trop tard. Sans réfléchir, Lise plongea en avant, tendant une main désespérée dans l'entrebâillement. Le choc fut brutal et arracha un cri à la jeune femme. Une douleur cuisante courut le long de ses phalanges, irradiant jusque dans son bras, la paralysant littéralement.

Etendue au beau milieu de la tourmente, sa main encore prise entre la porte et le chambranle, Lise se sentait peu à peu glisser vers l'inconscience. Pendant quelques secondes, tout devint noir et silencieux ; la douleur s'effaça, le vent se tut, ne restait plus que le silence. Bientôt, des cris indistincts vinrent flotter à la limite de sa conscience. Un instant, elle eut l'impression qu'on la tirait vers le haut. Elle resta un moment à flotter dans le vide, puis son corps rencontra une surface dure, lisse et froide. Les voix s'éloignèrent, et revinrent presque aussitôt à son chevet.

Alors que la jeune femme retrouvait peu à peu l'usage de ses sens, la douleur fulgurante à laquelle cet instant de flottement lui avait permis d'échapper, se rappela à elle. La décharge fut si vive, qu'un cri inarticulé jaillit involontairement de ses lèvres.

- Grâce au ciel ! Elle revient à elle. On peut dire que vous nous avez fait une sacrée peur.

C'était la voix de Lord Henri. Haletante, Lise rouvrit les yeux. L'homme se tenait penché au dessus d'elle, scrutant ses réactions d'un œil angoissé. François, quant à lui, s'affairait à examiner sa main, prenant grand soin de ne pas lui causer davantage de souffrance.

Le sable avait disparu. Le ciel s'était mué en plafond, obscur et solide. Le vacarme assourdissant s'était tu.

Encore sous le choc, Lise voulut s'assoir.

- Oh non, non, non ! l'avertit son garde malade. Je crains que votre main ne soit pas la seule à avoir pâti de notre petite mésaventure.

Lise ne comprenait pas où le Lord voulait en venir ; celui-ci poursuivit.

- Vous vous êtes cognée la tête en tombant, lui expliqua-t-il calmement. La seule pierre à des mètres à la ronde... Pas de sang, heureusement, mais je pense qu'une belle bosse ne devrait pas tarder à apparaître.

Pendant que le Lord lui décrivait la manière dont lui et François l'avaient mise à l'abri à l'intérieur le temps de ramener leur chargement, la jeune femme fit un état des lieux mental de ses diverses contusions.

Lise avait froid et ressentait des démangeaisons sur tout le corps : du sable s'était glissé sous ses vêtements trempés. Elle ne ressentait aucune douleur particulière à la tête, pourtant, en portant sa main valide à son cuir chevelu, elle y trouva bel et bien une bosse d'assez belle taille. Elle tenta ensuite de bouger sa main meurtrie.

Les doigts n'étaient pas cassés ; elle parvenait encore à les bouger malgré la douleur. Il lui faudrait, cependant, plusieurs jours avant d'en retrouver un usage normal.

Ce qu'elle venait de vivre lui paraissait totalement irréel. Une île ? Une plage ? Derrière une porte qui aurait normalement dû abriter une chambre? Tout cela lui semblait surréaliste... et pourtant. Ses vêtements trempés, ses blessures à la main et à la tête, les deux hommes encore en habit de pluie leurs visages rougis par les embruns, l'énorme sac près de la porte,... Non, elle n'avait pas rêvé.

Lise ne parvenait plus à détacher son regard de la porte face à elle, à présent fermée. Les hurlements du vent n'étaient plus qu'un bruit de fond, une plainte étouffée derrière le battant de bois. Que serait-il advenu d'eux si elle s'était refermée ? Si l'orage les avait rattrapés, seraient-ils encore en vie ? Cette question obsédait la jeune femme. Sans avoir besoin de la poser, elle en connaissait déjà instinctivement la réponse, et, pourtant, elle continuait à la tourmenter, alimentée par le souvenir apocalyptique de l'immense nuage s'avançant sur le rivage. C'était comme si la jeune femme était encore sur la plage. Elle pouvait sentir le souffle de la tempête sur sa peau, l'odeur de l'iode saturant l'air jusqu'à lui donner le vertige, le sable sous ses pieds nus, le frisson presque imperceptible le parcourant lorsque les vagues s'échouaient à sa surface...

Une main chaude se posa sur son épaule. Lise sursauta. La plage s'effaça peu à peu et le visage d'un majordome apparut devant ses yeux. Son regard empreint de douceur et de compassion la désarma totalement. Des larmes silencieuses se mirent à couler sur ses joues. Tous deux restèrent ainsi un moment, les yeux dans les yeux, puis, avec la plus grande délicatesse, l'homme la saisit par le bras pour l'aider à se relever. Sans le lâcher des yeux, Lise se laissa docilement mener vers l'escalier. Elle venait de trouver en cet homme un point d'encrage dans une réalité vacillante et s'y accrochait avec le désespoir de celui qui se sent perdre pieds. Comme un naufragé à une bouée...

6- BEAUTÉS FATALES

Tous trois descendirent en silence au salon. On tira une chaise et François fit doucement s'asseoir la jeune femme. Lise se sentait vidée, sans force : une parfaite poupée de chiffon. Quand le poids rassurant de la main du domestique disparu de son épaule, livrant la jeune femme à elle-même, une impression de panique la submergea. Jamais elle n'aurait pensé trouver quelque réconfort que ce soit en la présence de ce majordome aux abords austère. Lord Henri apparut alors dans son champ de vision, une petite valise à la main. Il saisit avec mille précautions la main meurtrie de Lise et la porta à hauteur d'yeux. Son visage affichait le sérieux d'un docteur prêt à opérer. Lentement, il vérifia un à un chaque os, chaque tendon, s'assurant que rien n'était cassé ou déplacé, puis il désinfecta avec soin jusqu'à la moindre petite entaille visible ; enfin, il appliqua un bandage là où la porte avait arraché le plus de peau. Sa tâche achevée, il gratifia sa patiente d'un sourire réconfortant, auquel, malgré toute sa volonté, celle-ci ne parvint pas à répondre.

François réapparut un plateau chargé de trois tasses fumantes. Il en déposa une devant le Lord, puis une devant Lise et enfin posa la troisième devant un siège vide où la jeune femme fut surprise de le voir s'installer. Le lait chaud, sucré au miel, ramenait un semblant de vie dans le corps gelé de Lise.

- Vous avez été formidable tout à l'heure ! s'extasia Lord Henri. J'ai rarement vu quelqu'un s'adapter aussi vite à une situation dangereuse telle que celle-ci. Je vous tire mon chapeau. Votre intervention était vraiment héroïque !

Lise percevait une certaine euphorie dans sa voix, un sentiment qu'elle-même était loin de partager : ses sentiments à elle, se situaient plutôt aux antipodes de la jubilation, à mi-chemin entre lassitude extrême et abattement total.

- Quel courage. Quelle audace, ne put-il s'empêcher de poursuivre.

Puis, s'adressant à son domestique :

- François ne me laissez plus jamais oublier de prendre la cale de cette fichue porte.

Ses mots résonnèrent tel un coup de fouet à travers la pièce.

- La cale ? Lise n'en croyait pas ses oreilles
- Oui. La cale. J'étais si pressé d'en finir avec cette corvée que j'ai complètement oublié de la prendre en montant hier soir, déclara l'aristocrate sur le ton de la conversation.

Oubliée... Elle venait de risquer sa vie à cause d'un oubli ; ou plutôt... Non ! Parce que Lord Henri, constatant son oubli, n'avait pas dénié redescendre chercher cette fameuse cale, leur laissant prendre à tous un risque inconsidéré, voir mortel ; un risque qui aurait pu être facilement évité... Lise se sentait au bord de l'explosion, ce que son hôte sembla soudain remarquer.

- Ma chère, vous sentez vous bien ? Vous voilà soudain d'une pâleur inquiétante...

La jeune femme tourna alors un regard glacial vers le Lord. Impossible pour elle de se taire plus longtemps. La coupe était pleine.

- Comment osez-vous me demander si ça va ?!

Lise s'était levée, fixant avec colère un Lord Henri décontenancé par cet éclat inattendu. L'incompréhension qu'elle pouvait lire sur son visage la mit dans un état de fureur encore plus grand, au-delà de toute description.

- Tout ça vous parait normal n'est ce pas ? Je me réveille au milieu de nulle part. Arrivée ici, vous venez me raconter des histoires rocambolesques sur des objets perdus. Ensuite, je me retrouve sur une plage, où je risque ma vie, au beau milieu d'une tempête, là où il ne devrait, normalement, je précise, n'y avoir qu'une chambre ordinaire, avec son lit et sa commode pour seul mobilier... et la raison ? Vous-avez oublié une cale ?!

- Lise..., voulut intervenir son hôte, avant d'être sèchement interrompu par la jeune femme.

- Non, non ; pas un mot. Mieux vaut que vous vous taisiez, plutôt que de me mener en bateau comme vous le faites depuis mon arrivée.

Vous n'aviez pas vraiment l'intention de m'aider à rentrer chez moi ; et bien, désolé de vous décevoir mais je ne resterai pas une minute de plus dans cette baraque, au milieu de toutes ces étrangetés et autres tours de passe-passe dont je vous soupçonne d'être l'auteur.

Puis se tournant vers François :

- Je vous remercie pour votre accueil et pour votre gentillesse. Vous méritez mieux…, ajouta-t-elle à l'adresse du domestique, gratifiant d'un regard venimeux un Lord médusé.

Sur ce, elle embrassa une dernière fois du regard le salon dans son ensemble et tourna les talons en direction de la porte. Lise franchit le seuil sans un regard en arrière. Aussi ne vit-elle pas le visage des deux hommes se transformer en masque de terreur en entendant la porte d'entrée se refermer sur son passage …

La jeune femme dévala les marches du perron jusqu'à l'allée de gravier qu'elle avait empruntée quelques heures plus tôt. Sans hésiter, elle s'élança au petit trop dans la nuit, essayant d'oublier les ombres menaçantes que dessinaient arbres et buissons sur son chemin.

Le jardin n'avait plus du tout la même apparence que la veille. Lors de sa première visite, les nuages ne laissaient percer que peu de lumière ; à présent, il faisait presque nuit noire. Au milieu de ce camaïeu de gris, Lise avait du mal à distinguer ce qui l'entourait. Il lui semblait pourtant que quelque chose manquait dans ce décor sinistre...

Peu importe. Elle avançait à pas décidés, à la fois pressée de laisser derrière elle l'atmosphère étrange de cette maison, et inquiète de ce qu'elle trouverait une fois la grille franchie.

« Peut-être aurais-je dû attendre que le jour se lève pour partir en claquant la porte... ». Mais ce qui était fait, était fait.

Un craquement retentit sur sa droite, mettant un frein aux réflexions de la jeune femme. Surprise, Lise pila net. Les nuages masquaient la lumière de la lune et ses yeux ne s'étaient pas encore tout à fait adaptés à l'obscurité mais il lui sembla, tout de même, avoir entrevu une ombre passer fugitivement sous les arbres. Lord Henri et François s'étaient-ils jetés à sa poursuite ? C'était bien possible mais comment avaient-ils pu la rattraper aussi vite et sans que le crissement de leurs pas sur l'allée ne lui parvienne ?

Lise sentit tout à coup comme une présence derrière elle. Lâchant le sous-bois du regard, la jeune femme se retourna d'un bloc ; son cœur battait la chamade.

La jeune femme resta un moment sans bouger, scrutant les ombres. Pas âme qui vive. Ses nerfs jouaient avec elle comme un chat avec une souris.

Lorsqu'elle fut enfin sûre que personne ne la suivait en cachette, Lise reprit son chemin vers la sortie. C'est alors que son regard se posa sur une forme blanche lui barrant la route.

« Cette chose n'était pourtant pas là quelques secondes plus tôt. »

La silhouette était celle d'une femme dénudée, aux formes généreuses, une longue chevelure à demi-bouclée tombant sur une poitrine nue. Surement s'agissait-il de l'une des nombreuses statues que Lise avait croisée en arrivant ici. Mais que faisait-elle au milieu du passage ? Comment était-elle arrivée là ? Et, maintenant qu'elle y songeait, où était donc passée la jeune femme rebouclant sa sandale à l'entrée ? Et cette autre, qui démêlait de ses doigts fins son ample chevelure d'albâtre ?

Tout cela était bien étrange, mais Lise n'avait pas le temps de trouver des réponses cohérentes à toutes ces bizarreries ; tout ce qu'elle souhaitait à présent, c'était rentrer chez elle.

Sans lâcher la statue du regard, la jeune femme s'avança prudemment. A mesure qu'elle se rapprochait, Lise pouvait sentir un étrange pressentiment s'insinuer au creux de son estomac. Cette beauté, qu'elle avait tantôt admirée, lui paraissait à présent par trop parfaite ; quelque chose clochait dans ce regard vide, quelque chose qu'elle n'avait pas perçu en plein jour: elle se sentait observée.

Soudain il lui sembla voir l'opulente poitrine se soulever légèrement, comme pour reprendre sa respiration. Lise ne put réprimer un frisson. Imagination ou non, la jeune femme se figea, incapable de faire un pas de plus.

Un bruissement dans les feuillages attira subitement son attention. Lise lâcha la statue du regard pour se concentrer sur l'origine du bruit. Il lui sembla surprendre une silhouette glisser, puis se fondre parmi les ombres. Elle ne devait pas s'attarder plus longtemps.

Affolée, la jeune femme s'apprêtait à poursuivre sa route, lorsqu'une vision, à la fois magnifique et terrifiante, s'offrit à elle : lorsque son regard rencontra à nouveau celui de la vénus à demi-nue, ce n'était non plus l'être sans âme, fait de marbre et immobile, qu'elle contemplait une seconde plus tôt, mais une créature vivante, s'avançant lascivement vers elle avec grâce et assurance, à la manière d'un prédateur face à une proie ; seule la couleur de sa peau trahissait sa nature véritable.

Un funeste pressentiment gagna la jeune femme ; sans en connaître exactement la raison, elle se sut instinctivement en danger. Elle devait fuir cette chose. Tout de suite.

La créature sourit et tendit dans sa direction une main blafarde. Aussitôt, Lise sentit un étrange sentiment de lassitude s'emparer d'elle, une fatigue extrême la clouant littéralement sur place.

« Que m'arrive-t-il ? » songea-t-elle paniquée.

C'était cette statue. Malgré toute sa volonté, se soustraire à l'emprise que cette chose faisait peser sur elle lui était impossible. Comme hypnotisée, incapable de résister, la jeune femme tendit à son tour une main hésitante. Une voix douce et lointaine l'appelait. Même si les lèvres de la statue demeurèrent closes, Lise savait qu'elle était à l'origine de cette supplique.

- Viens à moi ! Rejoins-moi !

Les mots se répétaient en écho dans sa tête, se muant bientôt en ordre auquel la jeune femme ne pouvait qu'obéir. Lise était devenue une marionnette, à qui la Vénus imposait sa volonté. Leurs mains n'étaient plus qu'à quelques centimètres l'une de l'autre et, tandis que l'instinct de Lise lui hurlait de s'enfuir au plus vite, tout son corps, lui, n'aspirait qu'à cette caresse. Le sourire de la déesse nue s'élargit. La créature était si proche. Lise avait de plus en plus de mal à réfléchir clairement. La voix raisonnait, encore et encore, dans sa tête à présent lourde, l'encourageant à faire le dernier pas. Sa volonté faiblissait lentement et inexorablement. Lise était prise au piège ; elle ne tarderait pas à céder. La peau de cette créature serait-elle douce et chaude comme celle d'une femme ou bien froide et parfaitement lisse comme le marbre ?

Tout à coup, une violente détonation raisonna dans le dos de la jeune femme; Lise reconnut aussitôt le bruit d'une arme à feu. La créature montra quelques signes d'agacement à se voir ainsi dérangée à l'heure du repas, mais ne relâcha pas pour autant l'emprise surnaturelle qu'elle exerçait sur sa proie.

Un second coup de tonnerre retentit, plus proche et plus ciblé. La balle ricocha sur l'épaule de la beauté fatale, l'obligeant à reculer et à prendre une posture défensive. L'envoutement se brisa aussitôt. Soudain libérée, Lise ramena en hâte ses bras autour de sa tête, tel un bouclier, et, recroquevillée sur elle-même, crapahuta, à l'insu de sa geôlière, se mettre à l'abri d'un buisson.

Lorsqu'elle put enfin baisser sa garde sans crainte de représailles immédiates, Lise aperçut Lord Henri, à cheval sur la selle d'une vieille mobylette, un antique fusil de chasse pointé sur la créature, bravant les dangers pour la sauver, La jeune femme en eut les larmes aux yeux. Elle aurait voulu courir se jeter à son cou, l'embrasser et supplier qu'il la pardonne, l'implorer de la laisser rentrer au manoir avec lui, mais c'était sans compter sur la créature assoiffée de sang se tenant entre elle et son sauveur : en effet, Lise n'était pas la seule à avoir remarqué la présence de Lord Henri. Le regard de la chose ne cessait d'aller et venir, indécis, entre la jeune femme et le fusil de chasse. L'intérêt qu'elle portait à chacun semblait, cependant, différent : alors que la jeune femme attisait son appétit, Lord Henri, lui, paraissait éveiller sa curiosité.

-Tout va bien ? demanda le Lord à l'adresse de sa jeune protégée, gardant toujours son arme braquée sur la créature d'albâtre.

- Oui, je crois…

- Très bien. Quand je tirerai à nouveau, vous courrez me rejoindre. Vous vous en sentez capable?

- Je pense, répondit-elle.

Cependant en aurait-elle le temps ; Lise ne sut dire si la créature avait compris la teneur de leur échange mais elle perçut, sitôt celui-ci achevé, un changement notable dans son attitude.

Le sourire de la chose s'effaça laissant place à quatre rangées de longs crocs effilés, plus pointus que des aiguilles. Les ongles de ses mains s'étirèrent, se transformant en serres meurtrières démesurées. Sa posture n'avait plus rien de défensive. Une tension hostile remplissait l'air autour de la créature.

Soudain, la chose sembla se ramasser sur elle-même. Comprenant qu'elle s'apprêtait à bondir, Lord Henri déchargea sans attendre une nouvelle salve sur sa cible. Le projectile fit mouche, atteignant son objectif en pleine poitrine.

Lise en profita pour se faufiler et rejoindre avec soulagement son sauveur. La jeune femme aurait juré avoir entendu le bruit des balles frappant la pierre dans laquelle le corps de la créature avait été sculpté, pourtant, elle ne vit aucune marque d'impact sur sa peau lisse et blafarde, pas la moindre éraflure : la chose avait encaissé les coups sans broncher ; en revanche, ce qu'elle perçût très nettement c'était la rage folle habitant à présent ce monstre invincible. A cet instant, Lise comprit à quel point il leur serait difficile de lui échapper.

La silhouette voluptueuse se redressa, son corps parfait contrastant singulièrement avec l'expression haineuse déformant ses traits.

Un rugissement bestial emplit la nuit. Deux formes blanches se dessinèrent de part et d'autre de la Vénus. Du coin de l'œil, Lise en aperçut deux autres sur sa droite, à demi-masquées par les feuillages, puis une troisième encore sur la gauche. Chacune de ces prédatrices était d'une beauté incomparable. Aucun homme n'aurait pu imaginer, encore moins sculpter, pareille splendeur et pour cause : aucune femme ne ressemblait à ça. Dents en pointe mises à part... Leur satisfaction devant le festin à venir était presque palpable. Elle ne tarderait plus à passer à l'attaque ; Lise le sentait. C'était la fin.

La jeune femme risqua un regard vers Lord Henri. Son aplomb face au danger était remarquable. Nulle peur ne transparaissait dans son attitude. Lise lui enviait son courage. Comme elle aurait aimé finalement le connaître davantage. Elle regrettait son comportement, les mots durs qu'elle avait employés, sa colère, qu'elle jugeait à présent puérile ; plus que tout, elle regrettait qu'il se soit porté à son secours ca, à cause d'elle, certainement allait-il y laisser la vie.

Les statues s'animèrent en un ballet désespérément lent, chacun de leurs mouvements emprunt d'une grâce surnaturelle. Lise entendit comme une sorte de feulement dans son dos. L'étau se resserrait. La jeune femme s'était rapprochée du Lord. Dos à dos, ils attendirent, guettant de quel côté viendrait le coup fatal.

Soudain, un bruit de martèlement vint rompre le silence de cette lente mise à mort.

François surgit au cœur de la mêlée, menant d'une main les rennes d'un gigantesque cheval bai et brandissant de l'autre, telle une arme à la face des blanches furies, une vieille lanterne. L'effet fut immédiat : chaque créature démoniaque sans exception essaya de se soustraire à la lumière du flambeau. Certaines tentèrent de se défendre, griffant l'air de leurs ongles démesurés en direction des pâles rayons; d'autres désertèrent tout bonnement le champ de bataille, préférant sauter un repas plutôt que de subir plus longtemps pareil supplice.

Sans attendre, Lord Henri profita de la confusion générale, saisit la jeune femme par la taille et la mit à l'abri sur le dos de l'imposant hongre. Juchée sur son perchoir, Lise se serra de toutes ses forces contre le domestique, tandis que la monture faisait volte-face en direction du manoir. François retint l'animal jusqu'à ce que le bruit d'un moteur de mobylette retentisse ; alors seulement, il lâcha la bride du destrier qui fila à vive allure vers le perron, le majordome à demi-tourné sur sa selle, brandissant sa lanterne, assurant ainsi leur retraite. Bien que le vent et le bruit de la moto couvrirent pratiquement tout autre son, Lise jura entendre les sifflements mécontents d'autres créatures sur leur passage, tandis que plusieurs ombres se jetaient à leur poursuite.

Alors que le porche du manoir se rapprochait dangereusement, la porte d'entrée s'ouvrit d'elle-même, laissant libre passage aux fuyards.

Lise et François, suivis de près par Lord Henri, pénétrèrent à toute allure dans le hall, ne ralentissant qu'une fois à l'abri de ses quatre murs. Sitôt franchis, les deux battants se refermèrent, mettant fin à l'escapade nocturne et à la traque sanguinaire.

7- LE MIROIR DE MOÏRA

On aida Lise à descendre de cheval. Le majordome prit en charge monture et mobylette.

De retour dans le salon, Lord Henri se laissa tomber sans un mot dans le fauteuil le plus proche de l'âtre. La jeune femme, quant à elle, resta debout près de la cheminée, le regard perdu dans les flammes, incapable de réprimer un sentiment de honte et de culpabilité à l'égard de son sauveur ; cet homme venait de lui sauver la vie au péril de la sienne. Bien décidée à lui exprimer sa gratitude, Lise ne savait cependant par quel bout s'y prendre. La seule chose évidente à ses yeux était qu'avant tout remerciement, des excuses seraient de rigueur. Lise eut un pincement au cœur en repensant à la façon odieuse avec laquelle elle s'était adressée à cet homme une heure plus tôt. Surement allait-elle devoir affronter une avalanche de reproches bien méritée, accompagnée d'un regard glacial et sévère.

Prenant son courage à deux mains, la jeune femme délaissa la contemplation des flammes et leva vers le Lord un visage implorant.

Confuse, elle ne lut aucune animosité, aucune colère dans ses yeux d'ébène ; le Lord se contentait de sourire et c'est d'une voix douce et posée qu'il demanda à nouveau:

-Désolé de cette question. Je crois que vous ne l'aimez pas beaucoup. Ca va ? Vous n'êtes pas blessée ?

En effet, cette question Lise ne l'aimait pas. Un flot d'émotions contradictoires submergèrent tout à coup la jeune femme. Oui, elle était blessée : en quelques heures, elle avait connu la peur, la panique, l'adrénaline du danger, la colère et le regret. Ses souvenirs restaient désespérément flous. Elle ignorait toujours ce qui l'avait mené dans cette demeure, pourquoi ses vêtements étaient dans un si piteux état à son arrivée. Sans en avoir la certitude, la jeune femme pressentait que quelque chose de grave s'était produit, sans parvenir à se rappeler quoi. Les paroles prononcées par le Lord à son arrivée avaient pris tout leur sens. Oui, la jeune femme était perdue. Perdue dans ses sentiments, perdue parce que cet endroit jurait avec le monde qu'elle avait toujours connu.

Totalement désemparée, Lise fondit en larmes. Chaque sanglot la libérait un peu plus de toute cette tension cumulée au cours de la nuit. Ses larmes s'écoulaient en un flot qu'elle crût alors intarissable. Deux bras vigoureux l'enlacèrent tendrement au moment où ses jambes fléchirent sous le poids de sa tristesse. Les sanglots de la jeune femme redoublèrent. Lord

Henri posa délicatement son menton sur le sommet de sa tête et se mit à lui caresser doucement les cheveux en un geste apaisant. Blottie contre lui, Lise laissa libre cours à son désespoir.

Au bout d'un long moment, les spasmes s'espacèrent et les larmes se tarirent. La jeune femme ne se sentait pas mieux pour autant, mais au moins s'était-elle libérée d'un poids. Les idées à nouveaux claires, elle demanda d'une voix sans forces.

- Que sont ces créatures ?

Lord Henri brisa alors l'étreinte, et, tenant sa protégée à bout de bras, observa attentivement son visage. Lise sentit son hésitation : surement doutait-il qu'elle fût encore capable de supporter le choc des révélations qu'il s'apprêtait à lui faire.

- Ça va, le rassura-t-elle doucement. Répondez à ma question.

Le Lord libéra Lise, puis, détournant son regard inquiet de la jeune femme, répondit sur un ton professoral.

- Ces créatures sont apparues il y a quelques années, sans que l'on sache exactement d'où elles venaient. Nous avons longtemps cherché, François et moi, à les comprendre à travers les livres et récits en notre possession, et vous l'avez vu vous-même, notre bibliothèque est assez fournie. Elles n'ont pas de nom à proprement dit. Ce qui se rapprocherait le plus serait « Vampires » bien que « Sirènes » ou « Harpies » conviendraient également.

- C'est impossible, répondit la jeune femme hésitante. Les vampires sont censés brûler au soleil ; quant aux Sirènes, ne résident-elles pas dans les océans?

L'homme eut un petit rire indulgent.

- Pas toujours : tout dépend du livre que vous lisez. J'avoue avoir beaucoup aimé *Dracula*, mais cela reste de la fiction. Quant aux sirènes, sachez que, dans l'antiquité grecque, elles étaient représentées avec un corps d'oiseau, et non avec une queue de poisson.

Lise se souvint en effet avoir vu dans un magazine la photo d'un vase antique datant de cette époque, reprenant un passage de l'Odyssée.

-Je vous le concède, renchérit le Lord, les ouvrages historiques parlant de ces créatures sont extrêmement rares. Beaucoup d'entre eux, et principalement les ouvrages religieux, appuient l'aspect maléfique de ces créatures par des attributs physiques peu subtils. Honnêtement, je dirais qu'elles n'en ont nullement besoin.

Lise revit les rangées de canines acérées ainsi que les serres en forme de longues aiguilles. Un frisson lui parcourut l'échine.

Le Lord retourna s'assoir dans son fauteuil, tournant à son tour son regard vers les flammes.

- Cependant, je dois admettre que, comme notre cher prince Dracula, elles n'aiment pas beaucoup la lumière, conclut-il avant de sombrer dans le silence.

Une question tourmentait cependant encore la jeune femme.

- Et pour ce qui est de leur régime alimentaire ? voulut-elle savoir. Allaient-elles se nourrir de notre sang ?

- Oui et non, soupira le Lord. Elles nous auraient vidés de notre sang, mais pas pour s'en nourrir... Ces créatures ressemblent à des humains, à un détail près : elles sont en marbre. Pas de sang dans leurs veines, pas de cœur qui bat, pas de sentiments ; toutes ses choses qu'elles n'ont pas, mais qu'elles sentent vibrer en nous. Pour elles, le seul moyen de les posséder est de s'en emparer directement à la source. En buvant le sang, en s'en abreuvant, elles espèrent devenir encore plus humaines. C'est cette soif inextinguible d'humanité qui les rend dangereuses....

- Comment se fait-il qu'elles ne m'aient pas attaquée à mon arrivée ?

- Elles ne sont « actives » que de nuit. Vous êtes arrivée de jour, fit remarquer Lord Henri. D'autres n'ont pas eu cette chance... ajouta-t-il sombrement.

Lise préféra ne pas relever cette dernière remarque, inquiète de ce qu'elle finirait par apprendre.

- D'autre part, il faut que ce sacrifice soit consenti pour fonctionner et il semblerait qu'il n'y ait qu'en présence de la lune qu'elles puissent hypnotiser leur proie.

- Si je comprends bien, elles se figent à la lumière du soleil et attendent la nuit pour se réveiller, en espérant trouver de quoi se mettre sous la dent, tenta de résumer la jeune femme.

-Vous avez tout compris, répondit le Lord.

Le silence s'installa dans la pièce ; seul parvenait le doux crépitement des flammes dans l'âtre de la cheminée. Tandis que le Lord se perdait dans leurs contemplations, Lise, quant à elle, tentait d'effacer de sa mémoire le sourire carnassier des vierges alors qu'elles s'apprêtaient à fondre sur elle.

- A quoi pensez-vous ? demanda soudain le Lord, la libérant de cette vision d'horreur qui l'obsédait depuis qu'elle était rentrée au manoir.

- A rien, mentit-elle. Je réfléchissais à ce que vous m'avez dit en arrivant ici. J'ai compris ce que vous vouliez dire par « perdue », non au sens commun, mais d'une manière que je ne saurais expliquer, admit-elle à mi-voix. Ceci n'est pas mon monde. Soyez franc. Y a-t-il un moyen pour moi de rentrer chez moi ?

L'homme tourna vers elle un regard empreint de tristesse mâtiné de gravité.

- Même si, dans une grande majorité des cas, l'aller est sans retour, il peut arriver que certaines choses oubliées désertent ces lieux et réapparaissent dans votre monde. Cependant, dans votre cas, les choses sont différentes.

- Tant que j'ignore ce que j'ai perdu,... récita sombrement la jeune femme.

Une idée lui vint tout à coup à l'esprit. Ce pourrait-il que la réponse soit aussi évidente ?

- Et si je retrouvais la mémoire ?! Si c'était cela que j'avais perdu tout simplement?!

Maintes fois au cours de la nuit, elle avait essayé de retrouver le fil de ses souvenirs, sans succès. Elle se revoyait très nettement étendue au cœur du brouillard, découvrant l'immense portail s'ouvrant sur le manoir et son étrange jardin. Mais avant cela, que s'était-il passé ?

- Ce n'est pas si simple Lise, répondit le Lord, interrompant le cours de ses pensées. Surement n'est ce pas la seule raison vous ayant menée jusqu'à nous. Réfléchissez : si votre perte de mémoire était bien à l'origine de tout cela, cette maison aurait été envahie d'amnésiques depuis longtemps. D'un autre côté, partons du principe de nos petites « idées » de tout à l'heure : s'il suffisait, pour vous ramener, que l'un de vos proches ait une pensée pour vous, vous seriez partie depuis longtemps.

Lord Henri avait raison, se désola la jeune femme.

- Parfois il faut accepter les choses telles qu'elles sont et s'en réjouir : aussi longtemps que vous resterez ici, je veillerai sur vous, voulut-il la consoler.

Lise s'était totalement trompée sur le compte de cet homme. Bien loin de l'excentrique personnage qu'elle s'était d'abord imaginée lors de leur première rencontre, Lord Henri s'était révélé être un homme digne, érudit, dont la bonté d'âme n'avait d'égal que son courage. Elle pouvait lire bien plus que de la compassion dans son regard ; elle y vit une promesse qui la toucha profondément, en même temps qu'une sentence qui l'anéantit totalement. L'espace d'un instant, la jeune femme crut sentir son cœur cesser de battre, déserté par cette étincelle qui jusqu'ici l'animait, telle la flamme couvant sous les cendres d'un immense brasier. Tous ses espoirs s'envolèrent en un regard, alors que de nouvelles larmes perlaient aux coins de ses yeux.

- Il y a une autre solution.
- FRANCOIS !, le coupa aussitôt Lord Henri sur le ton de la colère.

Lise sursauta. C'était la première fois que la jeune femme entendait le Lord réprimander son domestique d'une manière aussi abrupte. Son hôte avait-il cherché à lui cacher quelque chose ?

- De quelle solution parlez-vous ? s'enquît-elle, se sentant soudain renaître.
- Oubliez ça. François ne sait pas de quoi il parle, répondit sèchement le Lord.

Cette fois Lise en était persuadée : Lord Henri devait connaître un autre moyen de sortir d'ici. Mais pourquoi ne pas lui en avoir parlé ?

- Répondez. De quelle solution s'agit-il ? Insista fermement la jeune femme.

Mais Lord Henri s'était déjà replié sur lui-même, déterminé à garder pour lui son secret. Ce fut François qui répondit à la jeune femme.

- Si Lord Henri ne vous en a pas parlé, c'est parce qu'elle n'est pas sans risque, l'excusa-t-il alors.

L'homme quitta le seuil de la pièce pour s'approcher à son tour de l'âtre.

- Avant d'aller plus loin, vous devez connaître l'histoire qui accompagne cette quête.

La jeune femme était toute ouïe.

- A l'époque de la Grèce antique, vivait une prophétesse du nom de Moïra. Enfant, Moïra, ignorant encore ses dons, s'était vu offrir un magnifique miroir à main par une autre prophétesse, Cassandre. Touchée par ce cadeau, elle ne le quitta plus jamais, même lors de ses voyages. A sa mort Moïra transmit son miroir à sa fille. Ce qu'elle ignorait alors, c'est qu'auprès d'elle l'objet avait acquis des vertus magiques. Elle s'était mirée tant de fois dans sa surface lisse, que le miroir avait, à travers son reflet, capté une partie de ses pouvoirs de divination. La fille de Moïra vit par lui la disparition de L'Atlantide où elle résidait, et put ainsi échapper à une mort certaine. Elle garda précieusement l'objet, jusqu'au jour où un inconnu le lui déroba. Dès lors, plus personne ne le revit, et il entra dans la légende. On prétend qu'il montre ce qui fut, ce qui est et ce qui sera peut-être. D'autres parlent d'un pont entre les mondes.

François plongea son regard dans celui de la jeune femme.

- L'objet a peut-être disparu de votre monde, mais il existe un moyen de le retrouver, une … « route ». Ce n'est pas une route au sens premier du terme, mais plutôt une suite de portes. Sept, pour être exact; chacune renfermant une épreuve.

- Mais voila ! intervint Lord Henri, sortant de son mutisme. Jusqu'ici, personne n'en est revenu vivant, ou sain d'esprit.

- Sauf vous, acheva le majordome avec calme.

Lise tourna un regard surpris vers le Lord assis à ses côtés.

- A quel prix, s'emporta ce dernier, passant nerveusement ses mains dans ses cheveux en bataille.

- Ainsi nous avons une chance, souffla la jeune femme, son cœur battant la chamade.

- Il ne s'agit pas d'un voyage touristique, et, encore moins, d'une promenade de santé, tempéra François.

Le silence se fit. En observant le majordome, Lise vit que cette pause était volontaire : François souhaitait voir son maître poursuivre l'explication à sa place. Lorsqu'il s'aperçut enfin que tous les regards étaient braqués sur lui, Lord Henri, en proie à une soudaine agitation, se leva d'un bond. Il entama alors une série d'allées et venues à travers la pièce, puis, sans crier gare, revint précipitamment s'assoir. Son regard, empli de rage, allait et venait du majordome à la jeune femme. Voyant qu'ils n'en démordraient pas, l'aristocrate finit par céder.

-Il ne s'agit pas de simples portes, alignées les unes derrière les autres. Il ne suffit pas de faire quelques pas pour trouver la suivante. Certains ont erré, et errent encore, pour les trouver.

Son ton était dur et chaque mot appuyé, comme s'il souhaitait les voir s'imprimer profondément dans l'esprit des deux jeunes gens pendus à ses lèvres. Le Lord prit une profonde inspiration avant de poursuivre.

- Je venais d'arriver ici, et, tout comme vous, je voulais rentrer chez moi et retrouver les miens. J'ai donc emprunté le passage. Oui, j'y suis allé, admit-il. Mais je ne m'en suis sorti que de justesse. Je suis parvenu à la sixième porte.

Un sourire amer se dessina sur ses lèves à l'évocation de ce souvenir, puis, il plongea son regard dans celui de Lise avant de conclure d'une voix catégorique :

-Et j'ai préféré faire demi-tour avant de perdre tout ce qui me restait.

La jeune femme soutint son regard sans ciller. La colère du Lord continuait de danser dans ses pupilles noires. C'était lui la clef pour rentrer chez elle.

- Avec votre aide, nous avons donc une chance d'arriver jusqu'à la sixième porte, déclara posément la jeune femme.

Le Lord resta de marbre.

- Désolé ! Mais je préfère passer encore quatre cents ans enfermé ici.

Le ton était ferme et sans appel. Mais Lise ne lâcherait pas le morceau aussi aisément.

- Vous voulez dire que ça fait quatre cents ans que vous vous trouvez ici?
- Quatre cent trente et un ans exactement, rectifia-t-il.

- Alors vous avez préféré vivre une éternité, ici, seul, loin des vôtres, plutôt que de tout faire pour les retrouver ? s'indigna la jeune femme. Vu la manière dont vous avez volé à mon secours tout à l'heure, je ne comprends pas de quoi vous avez peur !

- Il y a une grande différence entre mourir et disparaître, asséna l'aristocrate. Même ici, si vous mourez, il y aura encore quelqu'un qui se souviendra de vous et gardera une trace de votre passage dans l'histoire. Si vous empruntez cette « route » et que vous succombez en chemin, alors ce sera comme si vous n'aviez jamais existée, comme si vous n'étiez jamais venue au monde. Comprenez-vous la nuance ? Le revers de la médaille diraient certains. Et bien, même si vous ne voulez pas de mon avis, je vais tout de même vous le donner : emprunter cette route, ce n'est pas du suicide, c'est bien au-delà de ça, croyez moi.

- Je vous crois. Mais si vous ne voulez pas m'accompagner, alors j'irai seule !

Le Lord regarda Lise comme si la jeune femme venait soudain de perdre la tête.

- C'est hors de question, s'emporta violemment l'aristocrate. Je ne peux pas laisser faire ça ! Je refuse de vous voir mourir et encore moins de vous oublier.

Ces derniers mots firent retomber la colère que la jeune femme sentait monter dans ses veines. Lise reprit d'une voix radoucie :

- Si nous disparaissons, qui s'en souciera. Personne ne se souviendra de notre passage en ce monde ? Et alors ? Même nous, nous n'aurons pas conscience d'avoir vécu. Henri, si vous avez si peur pour ma sécurité, venez avec moi. Vous êtes le seul à savoir ce qui nous attend. Vous êtes le seul à en être revenu...

Le visage du Lord était devenu livide. La colère avait laissé place au désarroi. Il se tourna vers François, espérant y trouver une once de réconfort et de soutien. Sous le regard de Lord Henri, François fit quelques pas et vint se poster derrière la jeune femme. Il posa sur son épaule une main légère, puis hocha imperceptiblement la tête.

- Je vous accompagnerai Mademoiselle, déclara posément le majordome, ses yeux patients rivés à ceux de son maître.

Le message était clair. Blessé, mis au pied du mur face à ses propres peurs, Lord Henri quitta la pièce.

8- IL ÉTAIT UNE FOIS...

Lise dormit mal cette nuit là. Ses rêves étaient peuplés de silhouettes blanches aux canines acérées. La jeune femme revoyait, encore et encore, ces formes d'albâtre tourner autour d'elle, tel des fauves prêts à bondir. Elle ne pouvait s'empêcher de prier pour qu'elles cessent enfin leur manège et l'achèvent au plus vite. Soudain, apparut Lord Henri, monté, non plus sur sa mobylette, mais sur le cheval bai. Au moment où Lise saisit sa main, un rayon de lumière passa sur le visage de son sauveur et le transforma en statue languissante, juchée sur un cheval, lui aussi, de marbre. Par bonheur, le cauchemar s'arrêta là et ses songes dérivèrent vers des rivages plus reposants, mais également plus mélancoliques.

La jeune femme entraperçut, à travers un imposant miroir, sa mère, son père, éplorés, l'appelant en vain. Lise voulut répondre, mais aucun son ne franchit ses lèvres. Elle voulut alors tendre une main et, comme l'on ne peut faire qu'en rêve, traverser le miroir, mais la réalité la rattrapa aussitôt. Lise se mit à son tour à pleurer à chaudes larmes, dans son rêve, comme dans la réalité.

Les visages s'effacèrent peu à peu, jusqu'à ce que la jeune femme soit parfaitement réveillée. Une flambée discrète brûlait dans la cheminée, suffisante pour maintenir la pièce à température, mais pas assez pour la déranger dans son sommeil. Lise avait passé la nuit dans un fauteuil du salon. Elle ne se souvenait pas s'être endormie, seulement s'être assise devant l'âtre, pour mieux réfléchir. François et elle avaient veillé jusque tard dans la nuit, essayant d'inventorier le matériel dont ils pourraient avoir besoin pour le voyage ; la liste était loin d'être exhaustive, mais elle était déjà bien trop longue pour tenir dans deux sacs à dos. Il y avait encore tant à faire avant leur départ.

Incapable de retrouver le sommeil, Lise décida de se lever. Une couverture tomba au bas du fauteuil. La jeune femme sourit. Ce cher François avait dû craindre qu'elle ne prenne froid pendant la nuit. Elle récupéra le plaid et le jeta sur ses épaules, avant de se diriger vers l'une des plus hautes fenêtres du salon. Le jour pointait à peine à l'horizon. Des nappes de brouillard flottaient dans le jardin et autour des statues (qui avaient repris leurs places habituelles).

« Drôle d'endroit », songea la jeune femme. Lise avait encore du mal à croire qu'il puisse être réel... Cependant, au vu des évènements de la

nuit dernière, elle savait à présent que cette
« chimère » n'avait rien d'inoffensif.

Des pas résonnèrent dans le couloir,
d'abord lointains, puis de plus en plus proches. La
porte du salon s'ouvrit et une silhouette vint rejoindre la jeune femme près de la fenêtre. Les
mains derrière le dos, la mine grave, le Lord
s'abandonna à son tour à la contemplation du
jardin. Les cernes sous ses yeux trahissaient une
nuit agitée.

- Comptez vous toujours partir ?, demanda-t-il sans préambule.

- Ma décision est prise, oui, répondit la
jeune femme s'attendant à ranimer la colère de
son hôte

- Je vous en prie, restez ici ! Qu'est ce qui
vous en empêche ? l'implora-t-il avec douceur.

- Et vous ? Qu'est ce qui vous empêche de
venir avec nous ?

Le Lord poussa un soupir résigné et, pour
la première fois depuis qu'il était entré dans la
pièce, tourna son regard vers la jeune femme ;
Lise y lut une tristesse à fendre l'âme.

- C'est impossible.

- Pourquoi ? insista-t-elle.

L'homme parut soudain hésiter sur la raison à donner. Il fixa un instant la jeune femme
puis répondit finalement :

- Tant d'années ont passé. J'ai vu votre
monde grandir à travers vos livres et s'épanouir
grâce à vos idées. Ce n'est plus le mien à présent,
expliqua-t-il patiemment.

- Votre monde était-il si différent?

Le Lord sembla réfléchir un instant à la question.

- Difficile de vous répondre. Aujourd'hui je ne sais plus où commencent mes souvenirs et où débutent ceux que j'ai vécu par les yeux de tant d'autres. Je me souviens d'une époque où toutes vos machines auraient été regardées comme le fruit d'une quelconque sorcellerie, et non comme un progrès utile à l'humanité. A cette époque, la médecine était encore balbutiante en occident et s'apparentait davantage à de la boucherie qu'à des remèdes. On croyait encore en Dieu et au salut de l'âme. L'honneur était une vertu fondamentale pour un homme. Puis, vint l'ère des grands inventeurs, des découvertes et des philosophes, le progrès en marche. Suivit de près par les révolutions, les guerres, les famines. Tout ça, voyez vous, je sais que je ne l'ai pas vécu, et pourtant, étrangement, cela semble faire partie de moi.

L'aristocrate tourna à nouveau son attention vers les jardins, son regard se perdant au loin, par-delà l'horizon et le temps.

- Lord Henri, pourquoi êtes-vous ici ?

La question eut l'effet d'un coup de poignard. L'espace d'un instant, Lise crut voir le regard de l'aristocrate se durcir, son visage se crisper au souvenir de jours douloureux. Puis un sourire ironique se dessina sur ses lèvres fines.

- Disons que je suis ici pour garder la boutique.

Que lui cachait-il donc, qu'elle ne puisse entendre ? Qu'avait-il perdu ? Quels secrets se terraient derrière cette façade avenante ?

- Il y a une question que je souhaitais vous poser, se hasarda la jeune femme. Lorsque je suis arrivée hier et que je me suis retrouvée seule dans le hall, il y avait une peinture, un portrait vous ressemblant. Etait-ce bien vous ?

-En effet, acquiesça sobrement l'aristocrate.

- Pourtant, lorsque je vous regarde, j'ai du mal à croire qu'il s'agisse de la même personne... L'homme sur ce portrait, que lui est-il arrivé ?, questionna la jeune femme avec douceur.

Le Lord hésitait. Que se passerait-il lorsqu'elle saurait quel homme il était en réalité ? Comment pourrait-il encore la regarder dans les yeux ?

Le regard de l'aristocrate croisa celui de Lise. C'est finalement la douceur et la confiance qu'il lût dans ces yeux couleur d'ambre qui le décidèrent à parler.

- Comme je vous l'ai déjà dit, je suis issu d'un milieu aisé, une fière famille de noble anglais. Ma mère attachait beaucoup de prix à l'étiquette ; quant à mon père, les affaires et la politique passaient avant tout.

Dès mon plus jeune âge, je fus confié à un précepteur qui m'inculqua le savoir nécessaire à mon futur métier, ainsi que les valeurs inhérentes à mon rang. Je fus très vite amené à suivre mon père dans tous ses déplacements, assistant à ses nombreuses transactions. Lorsqu'il m'arrivait de me faire remarquer ou d'agir comme un enfant de mon âge, la sanction tombait aussitôt... Je devais être un homme, un Lord, le digne successeur de mon père! J'ai appris l'intransigeance, comment sanctionner un mauvais payeur, comment dépouiller un homme de tous ses biens au meilleur prix. Je suis, en somme, devenu le voleur honnête que mon père rêvait de me voir devenir : un notaire et un vrai aristocrate ; et j'en étais fier : je m'enorgueillissais de chaque personne cédant devant moi, de chaque vie que je brisais. Je balayais d'un revers de main pleurs et suppliques et voyait chaque contrat signé comme une victoire personnelle, sans me préoccuper des conséquences.

Puis, vint le jour où ma mère, impatiente de me voir faire un bon mariage, me présenta à une femme de ma condition, la femme idéale, selon ses dires. Je tombais immédiatement amoureux d'elle. Mais notre idylle fut de courte durée...

Cette jeune femme avait un frère auquel elle tenait par-dessus tout. Un jour, elle vint me voir, me demandant de l'aider. Celui-ci avait joué gros aux cartes et devait une somme d'argent assez importante à un bandit notoire. Je savais qu'il lui serait impossible de me rembourser aussi refusais-je de lui verser le moindre centime. Le lendemain, l'homme fut retrouvé mort, ma fiancée rompit sa promesse de mariage et ma mère, qui nourrissait tant d'espoir dans cette union, ne m'adressa plus jamais la parole. Ne restait plus que mon père, cet homme froid et austère auquel je m'étais finalement « habitué ». Peu de temps après ce sombre incident, je conclus une affaire que je crus en or ; hélas, elle mit, au contraire, notre famille au bord de la faillite. Déshonoré, mon père me déshérita et me chassa sur le champ de la maison. Moi aussi j'avais tout perdu. Je me souviens avoir contemplé mon reflet dans une vitrine, dégoûté de moi-même et de tout le mal que j'avais pu faire dans ma vie. Je suis entré dans un bar, et j'ai bu jusqu'à plus soif. Des hommes étaient là. Je tenais à peine debout lorsque je suis sorti. Ces hommes m'ont suivi et, au détour d'une rue sombre, un éclair de douleur, puis, plus rien. Je me suis réveillé ici.

Le Lord parvenait à peine à soutenir le regard attentif de la jeune femme :

- En quatre cents ans, j'ai eu amplement le temps de réfléchir à l'homme que j'étais. Nourri par la honte, j'ai peint ce portrait pour ne jamais oublier d'où je venais. Je ne suis pas un homme bon, mais j'essaie de le devenir, et s'il me fallait encore cent ans pour y parvenir et me racheter de mes erreurs passées, alors qu'il en soit ainsi.

Sa voix se brisa. Des larmes silencieuses dessinèrent des sillons discrets sur ses joues rasées de frais. Lise sentit son cœur se serrer dans sa poitrine. Elle observa en silence cet homme torturé qu'elle connaissait à peine. Avec douceur, la jeune femme prit entre ses mains le visage de l'aristocrate, et l'approcha à quelques centimètres du sien. Elle essuya délicatement les deux traînées humides parcourant ses traits juvéniles.

-Chacun possède une part d'ombre, déclara-t-elle d'une voix douce. L'important c'est ce que l'on en fait. Vous avez été là lorsque j'ai eu besoin d'aide : vous m'avez accueillie, hébergée et pour finir secourue ; alors, je pense pouvoir dire sans peine que cet homme, dont vous venez de me conter l'histoire, n'existe plus. Vous êtes devenu un homme de bien, Lord Henri.

Lise plongea ses yeux dans ceux du jeune Lord, essayant de lui transmettre par ce regard toute la force de sa conviction. L'expression de l'aristocrate changea peu à peu ; outre la gratitude et le soulagement qu'exprimaient alors ses traits, une lueur nouvelle brillait dans ses prunelles sombres : de la détermination.

- Non ! Cet homme n'a pas totalement disparu, se désola-t-il dans un murmure. Comment pourrais-je supporter de me regarder dans le miroir, si je vous laissais partir seule, affronter mille dangers ?

Lise ne comprit pas tout de suite ce que le Lord voulait insinuer.

- Je pars avec vous, déclara-t-il de but en blanc.

La jeune femme resta interdite. Il lui fallut plusieurs minutes avant de saisir les paroles prononcées par Lord Henri. Quand enfin elle y parvint, Lise se sentit soudain délivrée d'un poids. Ce fut à son tour de verser des larmes, des larmes de soulagement et de joie : en effet, avec Lord Henri pour les épauler, rien ne leur serait impossible. Ils avaient une chance, un espoir.

Galvanisée par cette nouvelle, la jeune femme rendit son sourire à l'aristocrate.

9- YALTOS

Les préparatifs débutèrent l'après-midi même. Lord Henri consulta la liste établie par ses deux compagnons, rayant à tour de bras tout ce qu'il jugea inutile. Lise contesta plusieurs fois certains de ses choix, sans pour autant obtenir gain de cause. Enfin satisfait, le Lord plia la feuille de papier et la tendit à son valet. Celui-ci la fit disparaître dans la poche intérieure de son veston et s'éclipsa de la bibliothèque. Son majordome partit, Lord Henri invita Lise à s'assoir près du feu. La jeune femme remarqua le livre posé sur les genoux de l'aristocrate.

- Bien ! Il est temps de faire votre éducation à présent, déclara le Lord, un sourire en coin.

L'homme tendit cérémonieusement l'ouvrage à sa jeune élève ; la jeune femme l'ouvrit avec délicatesse. Les pages, en parchemin, étaient recouvertes d'une calligraphie fine et élaborée. Lise voulut en lire un passage mais fut aussitôt arrêtée dans son élan. L'écriture n'avait rien à voir avec tout ce qu'elle connaissait, mais ressemblait plutôt à un langage codé. Perplexe, elle rendit l'ouvrage à son propriétaire.

- De quoi s'agit-il ?

- De grec ancien... C'est un journal de bord, précisa le Lord.

- A quoi va-t-il nous servir ? demanda Lise intriguée.

- Ce journal a été rédigé par un grec venu en ces lieux voilà fort longtemps. Je ne l'ai pas connu : il avait déjà quitté le manoir, avant que moi-même je n'y arrive.

Ainsi, ils n'étaient pas les seuls à avoir franchi le seuil de cette demeure, songea la jeune femme. Mais où son étrange ami voulait en venir avec ce livre ?

- Même si vous pensez que ce livre est susceptible de nous aider, je ne sais pas vous, mais mon grec ancien est un peu rouillé ! fit-elle remarquer avec ironie.

- Le vôtre peut-être...

- Vous voulez dire que vous pouvez décrypter ce livre ? s'étonna Lise vertement.

- Mademoiselle, je vous présente votre billet de sortie, déclara le Lord triomphal en guise d'assentiment.

- Je croyais que vous seul étiez parvenu jusqu'au miroir de Moïra ?!

La mine du Lord se fit plus grave.

- Après avoir fait demi-tour à la quatrième porte, l'homme est revenu ici, où il prit le temps de rédiger le récit de ses aventures. Il y vécut longtemps. Seul. Enfin, lassé de ce monde « entre deux », il exprima, dans une lettre cachée entre les pages de ce journal, son désir d'en finir avec la vie et la manière dont il comptait s'y prendre ; pour lui, le meilleur moyen étant de retenter la traversée... Or, heureusement pour nous, si ce livre nous est parvenu, c'est que, dans une certaine mesure, il a échoué à sa tâche et qu'il se trouve toujours, bien vivant, dans l'un des cinq mondes que nous allons devoir visiter.

La jeune femme se sentit soudain coupable, le cœur lourd de regrets pour cet inconnu. Elle songea à ce qu'avait coûté ce fameux billet : la vie d'un homme.

- Y a-t-il une chance pour nous de le retrouver ?

Lord Henri comprit sans peine où la jeune femme voulait en venir.

- Je suis désolé mais il n'y en a aucune. Croyez-moi, s'il avait existé un quelconque moyen de le ramener, je l'aurais fait sans hésitation.

Lise n'en douta pas un instant.

- Parlez-moi de lui

Le Lord rassembla pendant un instant ses souvenirs et déductions, issus de la lecture du journal, et entama son récit.

Yaltos était un homme simple. A quarante ans, il n'avait ni femme, ni enfant. Toute son existence, il la vouait à l'étude des mystères de la nature.

Même si, selon certain, à l'époque, tout en ce monde ne pouvait être que l'œuvre d'un dieu puissant et impartial, Yaltos y voyait un sens tout autre. Il ne croyait pas au Destin ; d'après lui, toute action naissait d'une cause et produisait un effet et cela, dans un cycle sans réel début ni fin. C'était ce que cet homme s'appliquait à démontrer au travers de ses expériences et de ses nombreuses conférences. Pour lui, bon nombre de pensées de l'époque manquaient de cohérence.

Comment un homme pouvait-il être meilleur qu'un autre au point d'avoir droit de vie et de mort sur celui-ci ? Comment les idées d'un petit groupe pouvaient-elles être représentatives de la pensée d'une foule au combien plus nombreuse ? Pourquoi les Dieux laissaient-ils les hommes vénérer leurs effigies plutôt qu'eux même ? Autrement dit, pourquoi ces même Dieux s'obstinaient-ils à rester cachés si tant d'adoration leur était nécessaire ? Autant de questions novatrices et révolutionnaires qui valaient à Yaltos l'admiration de certains, et l'inimité des esprits les plus étriqués de son temps.

Un soir, après un dîner bien arrosé, Yaltos rentra chez lui et, sans même prendre la peine de se dévêtir pour la nuit, se coucha et sombra dans un profond sommeil. A son réveil, sa demeure avait entièrement disparu, remplacée par un épais brouillard. Au milieu de cette véritable purée de poix, se dressait un portail. Derrière ce portail, Yaltos trouva un jardin, puis une étrange demeure.

Le grec comprit très vite que cette bâtisse n'avait rien de banal. Parmi les pièces ordinaires, de celles que l'on s'attend à trouver habituellement, s'en trouvaient d'autres, s'ouvrant sur des paysages surnaturels, sur des créatures fantastiques, sur des abîmes sans fond...A chaque nouvelle porte qu'il poussait, son intérêt pour les mystères que renfermaient ces murs s'en trouvait décuplé.

Bien qu'une vie n'y aurait pas suffi, Yaltos entreprit de visiter les lieux dans leur intégralité. Très vite conscient de l'ampleur de la tâche, il entama le tracé d'un plan inventoriant les chambres ayant été visitées, leur attribuant à chacune un nom, signalant au passage celles jugées dangereuses, jusqu'à ce qu'enfin la soif insatiable de réponses du chercheur laisse place à la nostalgie de l'être humain resté longtemps, et malgré lui, loin de sa maison.

L'homme emporta avec lui ses relevés inachevés, se jurant de revenir très bientôt pour en continuer l'exécution. Commença le trajet de retour vers l'entrée du domaine. Yaltos erra longuement parmi les bosquets. Bien que certain d'avoir emprunté le même chemin de pierre blanche qu'à l'aller, nul portail ne se dessinait parmi les feuillages. Totalement désarçonné, le grec finit par comprendre que là où il y avait une entrée, il n'y avait, ici, aucune issue. A présent, son seul espoir de sortie devenait l'étrange demeure et ses multiples passages entre les mondes.

Les jours s'écoulèrent au rythme de ses découvertes et de ses désillusions. A chaque nouvelle porte ouverte, l'espoir d'un potentiel retour au bercail submergeait le chercheur, avant de retomber aussitôt, remplacé par l'amertume de la déception.

Enfin, un matin, et pour la première fois, une porte résista. Intrigué, Yaltos tenta de l'ouvrir d'une bourrade de l'épaule, sans succès. Il dut finalement se résoudre à trouver des outils plus adaptés. Lorsque la porte fut enfin ouverte, l'érudit en eut le souffle coupé.

Le temple avait l'air extrêmement ancien. Au centre de la chambre aux proportions démesurées trônait un autel finement sculpté dans la pierre, éclairé par un puits de lumière découpé à même la voûte servant de plafond à l'ensemble. D'immenses colonnes recouvertes d'une végétation inconnue dessinaient une sorte de nef autour de l'autel. Derrière cette imposante table de pierre, une porte. La porte. Grande. Imposante. Séculaire. Yaltos demeura bouche bée devant la taille du panneau de bois extraordinairement conservé. Le temps en avait bel et bien patiné la surface mais sans en abîmer les détails. Une forme d'écriture cunéiforme courait sur toute la superficie du panneau d'aspect mordoré. Yaltos ne connaissait pas cette langue étrange mais, pourtant, à son grand étonnement, il parvenait à en comprendre le sens, comme s'il se fut agi de sa propre langue natale. L'inscription disait ceci :

« Ni en haut, ni en bas.
Entre deux tu erreras.
Mais si cette porte tu souhaites franchir, être fort il te faudra.
Nombreuses seront les épreuves te menant à la vérité.
Alors, à l'heure du jugement, choisir tu devras.
Ni en haut, ni en bas.
Rentrer chez toi, tu pourras »

Les mots se répétaient à l'infini. Toujours les mêmes. Et à la fin du poème, toujours cette même promesse : « Rentrer chez toi, tu pourras »...

Il ne fallut pas longtemps à Yaltos pour se décider. L'homme ne vit aucune poignée, aussi se contenta-t-il de poser la main sur le lourd panneau, y imprimant une légère pression. La porte s'ouvrit aussitôt, sans opposer la moindre résistance, sans grincement. Un filet d'obscurité s'échappa de l'ouverture. Le grec alla récupérer sa lampe, restée à l'entrée de l'immense salle, et franchit, sans plus attendre, le seuil enténébré.

Ce qui se produisit après, Yaltos ne nous le raconte pas. La suite de son récit ne fut écrite qu'à son retour dans la demeure-prison. Malgré toute la rigueur avec laquelle l'homme se borna à rédiger le compte-rendu scientifique de son voyage, il n'en restait pas moins qu'une certaine forme de folie s'était emparée de lui durant sa pénible traversée. Faute d'explication concrète, l'érudit dût bien attribuer certains faits au surnaturel ; or, toute sa vie avait été basée sur un mode de pensée rationnelle, totalement à l'encontre de ce qu'il avait pu observer en traversant cette porte, ce qui donna lieu à un dialogue intérieur constant entre son moi d'avant la traversée et celui d'après... Ces deux personnalités, bien distinctes et en constant désaccord sur tout, s'entendaient cependant sur un point : un fait, jusque là inconnu, se doit d'être consigné par écrit afin d'être, par la suite, étudié.

Très impliqué dans son rôle d'explorateur, Yaltos entama donc la rédaction d'un guide à travers les mondes. Il commença par attribuer un nom à celui dans lequel il se trouvait. Pour contenter les deux parties, il le baptisa « Jardin de l'Erèbe », en référence à la mythologie grecque, s'agissant de la région de l'enfer où se rendent les âmes durant le sommeil, un monde constamment nimbé de brouillard. La seconde porte menait à « la demeure de l'Hébé » puis au « Domaine de Kairos », un immense désert, où, chaque grain de sable équivalait à une seconde de vie perdue à jamais. Venait ensuite « La forêt de Calisto », et enfin « Le passage de Charron ». Son voyage s'était arrêté là.

Dans son ouvrage, l'homme expliquait que, comme pour l'écriture sur la porte, à chaque nouveau monde dans lequel il pénétrait, son esprit avait accès à une sorte de savoir latent. Il savait d'instinct où aller, quelles créatures éviter, qu'elle était la nature profonde de chaque chose. Yaltos reporta toutes ses impressions, les bribes de savoir acquis, la description de chaque lieu, certaines astuces qu'il n'avait pu apprendre que par l'expérience.

La rédaction de son manuscrit achevée, l'homme savait qu'il n'aurait jamais le courage de recommencer ses explorations entre les mondes ; son dernier périple avait marqué au fer rouge sa soif d'apprendre, la bridant à tout jamais.

Dieu sait combien de temps il arpenta encore les couloirs de cette demeure. Lui, jadis d'une nature posée, un homme sensé, si méticuleux, se savait à présent à moitié fou, condamné à vivre en exil, loin de son propre monde. Le temps passait, des années s'étaient écoulées depuis son arrivée en ces lieux, Yaltos le sentait, mais son visage avait, lui, cessé de vieillir. Souvent, il se rendait au temple, regardant d'un œil méfiant cette porte qu'il n'oserait jamais plus franchir, si ce n'est, pensait-il, pour mourir.

Lorsque le moment pour lui fut venu, il se rendit à la bibliothèque, prit une feuille et rédigea quelques lignes à l'adresse d'éventuels futurs occupants de cette demeure maudite. Il déposa sur le pupitre de lecture son guide, à l'intérieur duquel il glissa cette lettre ; enfin il se rendit jusqu'au temple, où il franchit, pour la seconde et dernière fois, l'immense porte... »

10- LE DÉPART

L'heure du départ avait sonné. Après vérification du matériel, Lord Henri avait enfin déclaré le petit groupe prêt à partir. Les évènements s'étaient enchaînés si rapidement que Lise n'avait pas vraiment eu le temps de se poser de questions. Elle repensa à la semaine qui venait de s'écouler.

La veille encore, elle avait eu droit à un nouvel entraînement intensif aux techniques de base du combat rapproché. Lord Henri avait insisté sur le fait qu'il lui fallait, au moins, apprendre à se défendre pour le cas où lui, ou François, ne pourraient venir à sa rescousse lors d'une mêlée.

Lise ne s'était jamais battue auparavant, mais le Lord lui avait trouvé un certain talent. En effet, motivée par le bâton, plus que par la carotte, elle s'était avérée bonne élève, apprenant vite et retenant de ses erreurs. Après leur première séance, à la fin de la journée, c'était à peine si la jeune femme pouvait encore bouger, aussi, n'avait-elle pas attendu le dîner, ce jour là, pour monter à sa chambre où elle avait sans peine trouvé le sommeil. Les courbatures étaient, peu à peu, devenues son lot quotidien, jusqu'à ce qu'enfin elle en occulta littéralement la présence. L'entraînement avait eu du bon : elle se sentait plus résistante, plus forte, et prête à en découdre s'il le fallait.

François eut également fort à faire durant cette même semaine. Le majordome se vit confier la lourde tâche de trouver et de rassembler tout élément apparaissant sur la liste fournie par Lord Henri ; ce qui n'était pas une mince affaire ! Pour l'aider dans sa mission, il se vit confier la fameuse carte de Yaltos. Ainsi, toute la journée, le majordome courait de chambre en chambre, à la recherche d'outils, de vêtements chauds, de cordages, etc... Le soir venu, le Lord et lui passaient en revue ses trouvailles de la journée, éprouvant la solidité de l'une, contrôlant l'usure et le bon fonctionnement de l'autre. Parfois, certains objets cassaient ou ne correspondaient pas précisément à ce que l'aristocrate souhaitait, ce qui valait au majordome une nouvelle journée de recherches.

En songeant à ses nombreux allées et venues entre les divers univers se côtoyant dans la demeure, Lise ne put s'empêcher de penser à Yaltos et à son rêve. Les images se déroulaient tel un film dans sa tête. Elle se revoyait, courant seule au milieu du brouillard ; tout autour d'elle n'était que blancheur. Elle pouvait presque encore sentir la fraîcheur humide de l'air sur son visage. Une silhouette se dessina devant elle. Sans l'avoir jamais vu, elle sut que c'était Yaltos en personne qui lui ouvrait la marche. Lise voulut l'appeler, lui demander de l'attendre, lui dire qu'elle venait pour l'aider, mais l'homme restait désespérément hors de portée. Bientôt la jeune femme se rendit compte qu'elle ne disait plus « laissez-moi vous aider » mais « aidez moi ». Alors, Yaltos s'arrêta à quelques pas d'elle et se retourna lentement. Lise se sentit prise de nausées en découvrant le visage de l'homme : ses traits avaient totalement disparu, laissant apparaître un crâne morbide, aux orbites vides et au sourire sinistre. Des mots s'échappèrent de cette bouche ignoble, sans lèvres.

- La mort est au bout du chemin.

C'est sur ses paroles que la jeune femme s'était réveillée. Elle n'avait plus refermé l'œil de la nuit. Debout devant la fenêtre de sa chambre, à l'heure où tous devaient encore dormir du sommeil du juste, Lise regardait les premiers rayons du soleil poindre à l'horizon. Elle n'était pas le genre de personne à croire qu'un rêve puisse avoir une réelle signification, pourtant, celui-ci avait tout d'une mauvaise prémonition dont elle même ne pouvait en ignorer le message.

*

Lise descendit l'escalier vêtue de sa tenue de voyage sélectionnée avec soin par le

Lord et son majordome. La jeune femme devait admettre qu'elle se sentait à l'aise à l'intérieur. Le pantalon tenait plutôt du leggins ; le vêtement épousait parfaitement la forme de son corps, tout en restant souple et étonnamment chaud, malgré son épaisseur réduite ; à ses pieds, une paire de bottes plates, en cuir léger, qu'elle n'aurait aucun mal à supporter ; et, enfin, une chemise ample, complétée d'un serre-taille pour ne pas nuire à ses mouvements. François n'avait joint aucun pull, aucune laine à l'ensemble, ce qui laissait à présager des températures assez clémentes pour la première partie du voyage. « La demeure de l'Hébé ».

Une douce odeur de pain grillé réveilla soudain l'appétit de la jeune femme, ce qui, en la circonstance, n'était pas un mince exploit tant elle se sentait l'estomac noué depuis son réveil plus que matinal. En entrant dans la cuisine, Lise surprit François en plein ballet culinaire, sortant une fournée de petits pains brûlants du four, surveillant le lait de manière à ce qu'il ne déborde pas, préparant quelques tartines à la hâte. La jeune femme se servit une tasse de thé et s'installa tranquillement à la table. Lorsqu'il n'y eut enfin plus aucun risque pour le contenu de ses casseroles, le majordome s'assit face à elle, un sourire d'excuses sur les lèvres.

- Avez-vous bien dormi ?

- J'ai connu mieux... répondit-elle au domestique.

Mais, devant son air hagard et les cernes sombres sous ses yeux, Lise comprit qu'elle n'était pas la seule à avoir eu une nuit difficile.

Le Lord se joignit à eux quelques minutes plus tard. Tandis que l'aristocrate prenait place près de Lise, François lui servit une tasse de café fumant.

- Mal dormi ? demanda-t-il avec douceur à la jeune femme.
- On peut dire ça comme ça.
- Ne vous inquiétez pas, nous ne partirons que ce soir. Vous aurez tout le temps nécessaire pour aller vous reposer cet après-midi.
- Pourquoi pas avant ?, s'étonna la jeune femme
- Il me reste une affaire à régler avant notre départ, dont je n'ai pas pu m'acquitter jusque là, faute de temps libre.

Le Lord s'interrompit pour mordre à pleines dents dans une tranche de pain beurrée.

- Et puis, reprit-il, mieux vaut effectuer cette traversée là de nuit...

Lord Henri disparut sitôt le petit déjeuner terminé. Lise et François profitèrent de la matinée pour préparer les trois sacs de voyage, tout en essayant de répartir au mieux les charges. Le majordome servit le repas à midi précise, ce qui permit à chacun de se retirer relativement tôt pour l'après midi. La jeune femme monta jusqu'à sa chambre, et, exténuée, s'allongea sur le lit et ferma les yeux ; elle sombra dans un profond sommeil, sans rêve, d'où elle n'émergea qu'en milieu d'après midi. Ne tenant plus en place, Lise décida alors de se lever et de parcourir une dernière fois la maison.

Elle se rendit, en premier, à l'étage, où se trouvait la fameuse plage où, tous trois, avaient failli perdre la vie la nuit de son arrivée. Lise colla prudemment son oreille contre le battant. Elle écouta un moment le murmure des vagues venant mourir sur le rivage, le souffle du vent porté par les ondulations régulières de l'océan. C'était un peu comme si le monde reprenait son souffle après s'être réveillé d'un pénible cauchemar.

Lise ouvrit lentement la porte de la chambre ; un rayon de lumière vive se déversa aussitôt dans le couloir. Aveuglée, la jeune femme dut patienter quelques secondes, le temps pour ses yeux de s'habituer à la clarté ambiante. C'est alors qu'une vision paradisiaque s'offrit à elle : à ses pieds se déroulait un immense tapis de sable blanc baigné de soleil, sous un ciel d'azur. L'océan avait, lui, prit l'apparence d'une mer d'huile aux reflets bleus profonds.

Enivrée par la douceur de l'air, Lise se débarrassa immédiatement de ses bottes et s'avança pieds nus à grandes enjambées dans le sable chaud. Parvenue au bord de l'eau, la jeune femme remonta le bas de son pantalon et laissa les vagues venir lécher sa peau, y faisant naître un frisson de plaisir. Elle s'abandonna totalement à la sensation de calme et de plénitude que procurait cet endroit. Les souvenirs de cette terrible nuit où elle avait dû lutter contre la puissance du vent, subissant les assauts du sable sur son visage, refluèrent peu à peu. Lise regarda sa main, tout juste cicatrisée ; on pouvait encore voir une légère différence de couleur là où la peau avait été arrachée, mais, d'ici quelques semaines, elle aurait entièrement disparue. Peut-être subsisterait-il une légère sensibilité.

La jeune femme regarda une dernière fois l'horizon, essayant de graver chaque détail dans sa mémoire. Jamais elle n'oublierait ce ciel sombre s'avançant peu à peu sur les eaux déchaînées, mais elle tenait à garder également le souvenir de cette plage calme et paradisiaque dans un coin de sa tête. Comme quoi, même les plus belles choses peuvent cacher une face obscure. Enfin rassasiée, Lise rebroussa chemin vers le manoir.

Des quelques pièces qu'elle avait visitées, il y en avait une, en particulier, où la jeune femme aurait aimé passer plus de temps. En entrant dans la chambre, elle fut aussitôt accueillie par le carillon joyeux d'un véritable essaim de petites boules lumineuses. Les « idées » virevoltaient librement à travers la pièce, éclaboussant les murs d'un prodigieux arc-en-ciel aux couleurs éclatantes. A chaque frôlement de leurs petites ailes, Lise se sentait comme aspirée dans un tourbillon d'images éphémères. Mais la jeune femme n'était pas seulement venue pour « partager des idées » : il y avait cette promesse qu'elle s'était faite plusieurs jours auparavant.

Lise trouva la petite cage dorée à l'emplacement même où Lord Henri l'avait rangée la fois dernière. Elle la posa au centre de la pièce et contempla un instant le tapis de paillettes miroitant doucement; enfin, elle souleva délicatement le loquet verrouillant la porte. Le scintillement gagna en intensité. Aux yeux de la jeune femme, rien ne justifiait plus cette captivité, et si aucune de ces idées ne voyait jamais le jour dans son monde à elle, au moins auraient-elles une existence dans ce monde ci. Lise regarda une dernière fois le ballet aérien et, le sourire aux lèvres, se retira sans bruit de la petite chambre. Elle avait accompli sa mission.

Enfin, la jeune femme arrivait à la dernière pièce de sa liste : la bibliothèque. Lise aimait la lecture. Lorsqu'il s'était avéré évident que son séjour au manoir s'éterniserait, la jeune femme, passant outre sa réticence première, était venue, régulièrement, chercher de quoi occuper les quelques heures de liberté que lui laissait le Lord. Dans un monde privé de télévision, ces fragiles manuscrits étaient un don des plus précieux, un remède tout aussi efficace contre l'ennui, et, oh combien moins dangereux que la visite du manoir. Elle repensa aux livres qu'elle avait empruntés. Tout d'abord une fiction, celle-là même que le Lord lui avait conseillée et qu'elle avait dévorée en deux jours. Puis, la jeune femme avait mis la main sur le roman de cape et d'épée d'Alexandre Dumas, rendu célèbre par son slogan

« Un pour tous et tous pour un ! ». Elle se souvenait avoir vu le film étant enfant, mais ne s'était jamais attardée sur la version littéraire originale de cette épopée. Elle avait été surprise de découvrir entre ses pages une histoire bien différente de celle qu'elle gardait en mémoire.

Mais, le livre qui l'avait le plus intrigué, était « l'Odyssée ». La toute première édition française. Lise avait longuement hésité à choisir ce livre à l'écriture alambiquée. Finalement, l'histoire lui avait tout de suite plu, tant par sa beauté et son rythme, que par la similitude qu'elle voyait avec sa propre aventure... Aurait-elle, elle aussi, un jour, la chance de pouvoir raconter ses aventures dans un roman ?

La jeune femme entra dans la longue pièce bordée de livres. Un feu brûlait tranquillement dans la cheminée, faisant naître de doux reflets dorés autour de l'âtre. Lise s'installa confortablement dans un fauteuil et laissa son regard s'abîmer longuement dans le brasier. Cet endroit avait quelque chose de chaleureux et de réconfortant, un peu comme un cocon protecteur. Ici, elle se sentait en sécurité. Les instants passés en ces lieux étaient une parenthèse bienvenue au milieu de ses tracas actuels, un sanctuaire auquel, dès ce soir, il lui faudrait définitivement dire adieu.

Alors qu'elle s'abandonnait une dernière fois à la douce mélodie des flammes crépitant dans la cheminée, un bruit inhabituel attira son attention; un bruit qu'elle n'avait jamais entendu avant, un grattement régulier, à peine audible.

Perplexe, Lise se leva et tendit l'oreille, cherchant d'où provenait ce son inconnu. Elle commença à arpenter la pièce, alla jusqu'aux étagères ; rien. Un mouvement derrière le grand pupitre attira soudain son attention. La jeune femme s'approcha discrètement. Jusque-là, il ne lui était pas venu à l'esprit que quelqu'un puisse également se trouver dans la bibliothèque sans qu'elle ne s'en soit aperçue. C'est avec soulagement qu'elle reconnut la silhouette de Lord Henri.

- Vous auriez pu dire que vous étiez là ! le sermonna-t-elle gentiment

Le Lord leva aussitôt la tête de l'écritoire.

- Lise ! Quelle surprise ! s'étonna –t-il en la découvrant à ses côtés.

- C'est plutôt moi qui suis surprise. Voilà dix minutes que je me crois seule dans cette pièce, s'amusa-t-elle. Qu'écrivez-vous ?

- Je mettais un point final à cette copie du guide de Yaltos, ainsi qu'à cette lettre adressée à d'éventuels successeurs en ces lieux.

- C'était donc cela ? Je veux dire, le travail que vous deviez effectuer…

- En effet, acquiesça l'aristocrate. Je ne pouvais me résoudre à partir en emportant le seul exemplaire de notre itinéraire. Quant à la lettre, elle explique en quelques mots le rôle de cet endroit, les quelques règles de base à respecter si vous souhaitez survivre en ces lieux, ainsi que la fonction du guide.

Lise n'avait pas un instant pensé aux conséquences qu'auraient l'absence de cet ouvrage pour toute personne coincée ici et voulant en repartir. La jeune femme comprenait toute l'importance d'avoir pris le temps de rédiger une copie du document. Elle espérait de tout cœur que, dans le cas où d'autres viendraient et emporteraient le livre dans leur traversée, ceux-ci en feraient autant.

Lord Henri reposa délicatement sa plume et referma les deux petits volumes, la copie et l'original. Il glissa ensuite une feuille de papier soigneusement pliée dans la reproduction et les laissa bien en vue sur le pupitre. Le flambeau était prêt à être transmis. A présent, plus rien ne les retenait.

Lise et le Lord descendirent de concert à la cuisine où François leur prépara à tous les trois une collation. Leurs sandwichs avalés, chacun prit le sac à dos qui lui était assigné et tous se rendirent dans le hall d'entrée. Là, la jeune femme s'attendit à devoir monter une fois de plus les marches du majestueux escalier trônant au centre de la pièce ; au lieu de cela, le majordome ouvrit une porte étroite, dévoilant un passage situé sous la volée de marches. Lord Henri prit la tête du groupe et guida la petite compagnie à travers les différents degrés menant aux niveaux les plus bas de la maison. Malgré l'aspect rudimentaire du couloir, il n'y avait là nulle trace d'humidité ou de moisissure. L'air qu'ils respiraient était sain et frais, probablement brassé par des conduits donnant sur l'extérieur.

Tout au long de leur descente, Lise ne put s'empêcher de songer avec angoisse au volume de terre et de matériaux s'accumulant au dessus de leurs têtes.

Enfin, la petite équipée parvint au pied de l'escalier de pierre. Sans perdre un instant, le groupe traversa le couloir lugubre se déroulant face à eux et, au bout duquel, se tenait une seule et unique porte. Lise osait à peine imaginer le temps qu'il avait fallu à Yaltos l'Erudit, pour parvenir jusqu'ici. Des semaines, peut-être des mois... En revanche, elle n'avait aucun doute sur la manière qu'avait employé le grec pour entrer dans le temple : un levier avait, de toute évidence, été inséré entre la porte et le chambranle, au niveau du verrou, et ce, causant de gros dommages. Aujourd'hui, la porte n'était plus qu'en apparence, fermée. Il suffit d'une petite poussée de la main, pour qu'elle pivote silencieusement sur ses gonds et dévoile l'entrée d'un temple enfoui.

Lorsqu'elle entrevit, par-dessus l'épaule du Lord, l'intérieur de la pièce, la jeune femme n'en crut pas ses yeux. Tout y était : l'autel en son centre, les colonnes de part et d'autre ... et la porte. Le petit groupe pénétra dans l'imposant édifice illuminé comme en plein jour. Lise leva aussitôt les yeux vers l'impressionnant puits de lumière trônant à plus de six mètres au dessus de leurs têtes. La jeune femme sourit. Il était amusant de penser, qu'il lui avait fallu descendre au plus profond des entrailles du manoir, pour sentir à nouveau la chaleur du soleil sur sa peau, et ce, en pleine nuit !

Lise s'approcha de l'imposante table en pierre massive. Les détails étaient tels que Yaltos les décrivait. La jeune femme posa un genou à terre, afin de mieux en admirer l'extraordinaire finesse. Des courbes parfaites, de splendides arabesques ; chaque élément, délicatement sculpté à la main, avait été réalisé avec une étonnante précision, révélant un savoir-faire unique.

Lise reporta ensuite son attention sur les colonnes. Chacune d'elles était si large que les bras de la jeune femme ne suffisaient pas à en faire le tour. Elles aussi présentaient de nombreuses gravures, pour la plupart, cachées sous un rideau de végétation luxuriante.

Enfin, pièce maîtresse de cet étrange musée à ciel ouvert, la porte. Comme pour s'assurer que tout cela n'était pas un rêve, Lise effleura respectueusement la surface couverte de symboles. La jeune femme s'émerveilla de la facilité avec laquelle elle parvenait à lire chaque mot, chaque phrase de ce singulier rébus. Le grec avait raison, c'était magique. Lise redécouvrit de ses propres yeux le poème rapporté par Yaltos dans son guide. Tandis qu'elle s'imprégnait du sens de chaque vers, un sentiment très fort d'espoir mêlé de crainte s'encrait en elle.

- C'est la porte la plus impressionnante que j'ai jamais vu, admit-elle tout haut, réprimant difficilement le tremblement de sa voix

La jeune femme poussa le battant d'un geste maladroit. L'obscurité qui s'étendait par delà le seuil de cette porte avait quelque chose de surnaturel. Elle paraissait si dense qu'il semblait difficilement imaginable de pouvoir la traverser. Il le faudrait pourtant.

- Il est encore temps de faire demi-tour, lui suggéra le Lord à ses côtés.

Maintenant que son départ se concrétisait, Lise était plus que tentée d'accepter sa proposition. Elle savait que si elle réfléchissait trop longtemps, elle n'aurait plus le courage d'entamer la traversée

- Non. Il faut y aller !

Lise prit une grande inspiration, puis, serrant les poings, s'avança à travers l'obscur passage.

*Ni en haut, ni en bas.
Entre deux, tu erreras.
Mais si cette porte tu souhaite franchir, être fort il te faudra.
Nombreuses seront les épreuves te menant à la vérité.
Alors, à l'heure du jugement, choisir tu devras.
Ni en haut, ni en bas.
Rentrer chez toi, tu pourras*

TABLE

1- AMNÉSIE 7
2- PERDUE 17
3- UN TRÉSOR CACHÉ 35
4- UNE IDÉE LUMINEUSE 53
5- TEMPÊTE AU CŒUR DE LA NUIT 63
6- BEAUTÉS FATALES 77
7- LE MIROIR DE MOÏRA 91
8- IL ÉTAIT UNE FOIS... 105
9- YALTOS 115
10- LE DÉPART 125